Só os radicais são livres

Carlos H. Peixoto

Só os radicais são livres

1ª Edição
POD

Petrópolis
KBR
2012

Edição de texto **Noga Sklar**
Editoração: **KBR**
Capa **KBR sobre foto do autor**

ISBN: 978-85-8180-187-2

KBR Editora Digital Ltda.
www.kbrdigital.com.br
atendimento@kbrdigital.com.br
55|24|2222.3491

B869.3 – Ficção e contos brasileiros

Carlos H. Peixoto é funcionário público. Por força do ofício, passa os dias em frente ao computador procurando cabelo branco em ovo de lagartixa. Escrever foi a maneira que encontrou para ver-se livre das amarras da burocracia. Publicou os livros *Memórias de um Publicano* e *Contos da Refazenda* e, pela KBR, *A volta da mulher barbuda*. Casado, reside em Ipatinga com sua amada Dulce, tem duas filhas — Laura e Maria Cecília — e uma cadelinha maltês chamada Meg.

Email: chpeixoto@oi.com.br

Para Hugo Mescolin Gaudereto.

Escrever é uma forma socialmente aceita de loucura.
Rubem Fonseca

Sumário

O QUE ABUNDA NÃO PREJUDICA

São coisas que se atraem: música sertaneja e chifre, seios e olhos, mãos e nádegas, otário e agiota.

No fundo, homem, mulher e cachorro são semelhantes: "o cachorro", como dizia um ex-ministro, porque "também é gente", além de ser o melhor amigo do homem; a mulher, porque nos deve uma costela e um dia vai ter que pagar; e o homem, ora, o homem porque é o rei dos animais, e ponto final. Se o macho homem pudesse fazer tudo o que lhe desse na telha, como um cachorro vira-latas, estaríamos de volta aos tempos pré-históricos, quando o mundo vivia uma guerra sem fim, as mulheres eram disputadas no tacape por trogloditas e arrastadas pelos cabelos como cadelas.

Mundo, mundo, devasso mundo. Eram vinte horas e trinta e cinco minutos de uma noite de sexta-feira. Eu havia acabado de estacionar meu possante e caminhava em direção ao restaurante Paca D'Oro quando saltou diante de minhas retinas, tão fatigadas, uma bunda maravilhosa, morena, vinte e poucos anos, não tive tempo de olhar para o rosto da gata, mas tenho certeza de que a bunda pertencia a um corpo lindo, e que não se chamava Raimunda. Ela usava uma calça de cintura baixa, se abaixara pra pegar um ramalhete e depois saiu andando à minha frente, rebolando as cadeiras.

Quem vê bunda não vê cara, coração. As modelos que me perdoem, mas a mulher ocidental lutou na revolução feminista, queimou sutiãs, conquistou o direito ao aborto nos países desenvolvidos e tudo o mais, tudo para se vender de corpo e alma à Indústria Masculina da Moda. Todas querem namorar o Leonardo DiCaprio, emagrecer vinte quilos, ter silhueta de modelo pra virarem cabide de roupas e se transformarem em centopeias, pra poderem usar centenas de sapatos (de grife) ao mesmo tempo.

Meu mundo por um pezinho. Na China Imperial, a mulher que pretendesse concorrer a uma vaga de concubina na cama do rei teria que ter pés pequenos. Fetiche? Algo a ver com a cultura? Não se sabe. O fato é que as chinesas, para terem alguma chance de "dar" para o imperador, torturavam os pés, enfaixando-os com panos apertados, até que ficassem parecidos com a flor de lótus: o calcanhar pra dentro e o peito do pé voltado pra cima. Ainda hoje, no interior da China, existem mulheres velhas que se locomovem apenas de cadeiras de rodas, em decorrência do atrofiamento dos pés.

Na Tailândia, a mulher da hora é a pescoçuda. Quanto mais argolas conseguir colocar no pescoço, de forma que este fique comprido, semelhante ao de uma girafa, mais a fêmea será desejada. Nunca vi relatos de alguém que tivesse transado com uma girafa, deve ser difícil pacas, mas no sertão de Alagoas conta-se o caso de um homem que se apaixonou por uma vaca, casou, teve três filhos saudáveis — um formou-se em medicina, outro virou político de renome e o terceiro morreu de acidente automobilístico quando voltava de um rodeio em Barretos.

***

Ao longo da história, a indústria da moda vem moldando o corpo feminino dos pés à cabeça. Até a primeira metade do século XX a mulher-objeto-do-desejo-masculino era a gordinha, de preferência vestida com espartilho, acessório que valorizava as tetas, mesmo nas pequeninas — os biquinhos dos seios apontando pra cima.

No Brasil, a sensação da moda é mostrar a borda da calcinha. Para deleite dos homens, o cofrinho feminino desbancou o umbigo, o bumbum e os seios.

Todavia, para que a mulher possa administrar um belo cofrinho, é imprescindível vestir-se com calça de cintura baixa. Ainda é cedo pra saber se é o pouco pano das calças que vem rebaixando as bundas, ou se são as bundas chapadas das modelos-tábuas que vêm influenciando na confecção de calças de cintura baixa: uma coisa puxa a outra, e o corpo feminino, para atender à indústria, vai se adaptando aos desmandos da moda.

O mundo *fashion* é cheio de pesquisas, e de muita tecnologia: para ajustar o corpo a uma calça de cintura baixa, a consumidora vê-se obrigada a reduzir a distância entre a pélvis e o umbigo, além de manter uma barriga tanquinho e arrebitar a bundinha. Mas isso só se conquista com exercícios específicos, muita malhação, de forma a distribuir os músculos da região glútea em um ângulo de 65% graus de latitude, medida no ponto máximo de tensão entre o bumbum e o ossinho do cóccix — e tome dieta, lipoaspiração e cirurgia plástica.

Em tempos de poupança farta, coitada da mulher que tiver tendência a ficar com bunda de tanajura. Com os juros em queda, será quase impossível encontrar uma calça que acoberte integralmente a retaguarda, daí o passivo a descoberto. Nesse caso, quando a aplicação supera a vestimenta, o desafio não será deixar de mostrar o cofrinho, e sim explodir o Banco Central — com o superávit nas transações primárias sendo insuficiente para cobrir o rombo nas contas públicas.

Com o tempo, a ditadura da moda acabará reduzindo o tamanho das bundas brasileiras a medidas europeias, assim como o Governo Federal planeja reduzir a dívida da população e ampliar o crédito, forçando a banca privada a baixar o *spread*. Oxalá a viúva federal consiga tomar dinheiro emprestado da Banca Privada, pagando a miséria de 1% de juros anuais; quando esse dia chegar, quero ver como os parasitas do Erário vão fazer pra lucrar os tubos, como se deu nos idos de 2010, quando os bancos brasileiros foram os mais lucrativos do mundo, ficando na frente do Morgan Stanley.

∗∗∗

De volta ao cofrinho. O *derrière* da mulher brasileira, curvilínea por natureza, trava uma briga sem trégua com as calças de cintura baixa. A equação da poupança não fecha: muita economia aliada à baixa cobertura do tecido é igual a menos calça e mais bunda por centímetro quadrado. Ou seja, o limite da queda dos juros depende das regras da poupança. Mantida a sistemática atual, a caderneta de poupança continuará atraente, e mais lenta e complicada se tornará a queda da SELIC. O incômodo é ter que ficar ajeitando o jeans ao traseiro, exceto para as popozudas, que para alegria dos marmanjos não se importam de exibir a calcinha.

Esse não era o caso da gostosa que eu vira antes de entrar no restaurante. Tudo estava em seu lugar. A bunda se ajus-

| 16 |

tava à calça de cintura baixa como se ela estivesse sem calça! O conteúdo formava uma harmonia perfeita, conformando o bumbum à calça com muito esmero e aprumo. O homem das cavernas gritava dentro de mim. Resisti.

Não era uma dessas bundas esquálidas, tipo Gisele, muito menos exagerada, ainda que a dona estivesse trajando uma calça de cintura baixa. Era um traseiro perfeito, encaixado na calça como se fosse uma luva de bunda. Nada entendo de moda, mas o tecido da calça devia ser de lycra, pois o jeans acompanhava o bamboleio firme do traseiro como se a gata estivesse desfilando nua na avenida.

Infelizmente, não era carnaval. Meu celular tocou: eram os amigos, exigindo minha presença no restaurante. O Cruzeiro havia batido o Galo por três a zero, ocasião digna de comemoração — gozar a cara de atleticano é meu esporte predileto.

Vai aqui um alerta para os ditadores da moda: a bunda, com tudo a que temos direito, é uma instituição nacional, assim como os juros estratosféricos e as tarifas exageradas cobradas pelos bancos brasileiros. Pra se ter ideia do absurdo, no ano de 2011 os brasileiros pagaram R$ 236 bilhões de juros pra rolar parte dos R$ 1,9 trilhão da dívida pública federal. Haja poupança. A esperança está no Conselho de Política Monetária (COPOM), que vem abaixando os juros SELIC gradualmente.

Por falar em juros, só com a cobrança de tarifas nossos competentes banqueiros cobrem o custo de funcionamento de milhares de agências, pagam funcionários, compram cafezinho, e ainda lhes sobram de R$ 20 a R$ 30 bilhões para investir em títulos do governo. Os bancos brasileiros são os únicos do mundo que ganham dinheiro evitando emprestar dinheiro para o povo. E nós, correntistas, ainda temos que pagar caro pra movimentar nossa própria conta.

Poupança: patrimônio dos brasileiros. Mexer nas regras da caderneta pode ser politicamente arriscado, vocês viram o que aconteceu com Fernando Collor em 1990. São 92 milhões de contas e R$ 400 bilhões aplicados na poupança. Para continuar comprando títulos públicos, não perder os altos lucros e nem ter que cortar as tarifas absurdas, os bancos privados estão loucos para que o Governo Federal reduza as vantagens da poupança. Isso, porque a poupança não dá muito lucro para o sistema financeiro: 65% dos recursos depositados nas cadernetas destinam-se ao financiamento da casa própria. E financiar casa própria, principalmente para as classes C e D, não é um negócio atraente para a banca privada — tanto que a maior parte do dinheiro nem chega a ser emprestada, tamanhas são as dificuldades impostas pelos bancos. Lucrativo mesmo é continuar enfiando a faca nos cofres da viúva federal: o risco é baixo e o retorno é garantido.

Com a SELIC em queda, e na hipótese de os juros da poupança seguirem o mesmo caminho, em breve vai faltar otário pra pegar financiamento com juros estratosféricos. O empréstimo consignado chegou ao limite. Em 2011, nossos aposentados e outros endividados tomaram zilhões de reais em empréstimos das financeiras, pagando infinitas prestações com as facilidades do desconto em folha. Nossos velhinhos estão devendo até o cabelo do saco, pois os cabelos da cabeça já foram pro saco há muito tempo. Como a usura não tem limite, ainda que o COPOM venha a fixar a SELIC a 1% ao ano, mesmo assim os bancos privados, com a desculpa do risco de calote, chuvas e furacões políticos, continuarão emprestando dinheiro para os otários a 10% ao mês, enquanto na outra ponta compram os títulos do Tesouro pagando 1% ao ano.

SÓ OS RADICAIS SÃO LIVRES

Um povo é o rodeio da natureza para chegar a seis ou sete grandes homens. Sim, e para depois evitá-los.

Nietzsche

De acordo com o Princípio da Incerteza de Heisenberg, é impossível se determinar a posição de um elétron; o que os físicos quânticos podem fazer a respeito é, no máximo, calcular a probabilidade de sua trajetória. Quando desgarrado da partícula, além da incerteza de sua órbita, o elétron solitário passa a roubar elétrons das moléculas vizinhas. A molécula que perde um elétron reestabelece seu par roubando o elétron do vizinho, e assim sucessivamente — dando origem aos radicais livres.

Também os radicais do gênero humano, mesmo rodeados de gente, estarão sempre solitários no seio da cultura. Os radicais livres do corpo se manifestam em decorrência de uma vida desregrada. Do mesmo modo, os radicais da sociedade surgem num ambiente conturbado: em lugar de levar uma vida recolhida, os radicais se apresentam para a desgastante tarefa de revolucionar o mundo, transformando primeiro a si mesmos.

Se Jesus, o primeiro dos radicais, tivesse dado ouvidos aos fariseus, provavelmente não teria morrido na cruz, e sim de velhice, pescando tranquilamente no mar da Galileia, como se deu no filme "A última tentação de Cristo".

Nelson Mandela preferiu passar vinte e sete anos na cadeia a aceitar o regime do *apartheid*. Livre, divorciou-se da mulher e casou-se com a Presidência da África do Sul. Marx, que nunca trabalhou, revolucionou o mundo teorizando sobre as relações entre o Capital e o Trabalho. Morreu na miséria, sem nunca ter apertado um parafuso de máquina.

Ainda que um grande homem só apareça a cada cem anos, a receita para se transformar em um deles pode ser adquirida em qualquer banca de revistas: procure algo com o título "Como se Tornar um Novo Homem"; se você for mulher, é só trocar o gênero do título.

O que distingue um homem de verdade de um artista que rebola na televisão é sua vontade inabalável. Para um homem — grande, médio ou pequeno —, cada dia é uma batalha, e o pior inimigo mora dentro de nós mesmos. Experimente traçar qualquer meta para sua vida, por mais idiota que lhe pareça ser, tal como parar de comer batatinha frita, deixar de fumar, emagrecer, abster-se de álcool, virar vegetariano, ou até mesmo promover uma cruzada contra a Coca-Cola — qualquer coisa em que você acredita. Já dizia Sartre que "até a decisão de não fazer uma escolha é uma escolha".

Para Nelson Rodrigues, todo líder era um canalha. E para comprovar sua tese, o Anjo Pornográfico nos propunha a seguinte experiência: "Ponham um santo na primeira esquina. Trepado num caixote, ele fala ao povo. Mas não convencerá ninguém, e repito: ninguém o seguirá. Invertam a experiência e coloquem na mesma esquina, e em cima do mesmo caixote, um pulha indubitável. Instantaneamente, outros pulhas, legiões de pulhas, sairão atrás do chefe abjeto".

Steve Jobs foi um canalha, gênio da informática: líder empresarial ou apenas um chefe babaca? Difícil definir. Há versões para todos os fãs e críticos dos produtos Apple. Se todo líder é um canalha, o radical está mais para o tolo na colina: louco, ingênuo; em princípio, como se fosse um espelho refletindo a si mesmo, o radical não quer liderar ninguém, não quer transformar o mundo exterior.

— Deixe tudo e me siga.

— Que garantia você me oferece? — perguntaria o homem comum ao Mestre.

— Se você precisa de garantia, procure no supermercado.

Disposto a buscar a raiz das questões, o radical abre túneis no subsolo de nossas certezas. Como se antevisse o que está por vir, inconformado com as explicações aclamadas pela tradição, a linguagem das palavras não lhe seria suficiente para explicar o mundo que ele traz em mente. Os radicais são visionários; expressam-se para atingir o inconsciente por meio da arte, música, gestos, parábolas, aforismos, ditirambos; falam de fé, crença, amor e poemas. "No conformismo da Academia", dizia Nietzsche, "nenhuma verdade completamente radical é possível".

Como se dá com o elétron desgarrado da molécula, é difícil precisar o próximo passo do humano radical. O mergulho na incerteza é alimento para o espírito livre. Quantas vezes os seguidores de Ghandi imploraram para que ele se alimentasse?

Jejuando, o Mahatma dominava a si mesmo — se domasse seu egoísmo, disciplinando a própria vontade, ninguém poderia governá-lo, a não ser ele mesmo. Enquanto Freud baforava o seu charuto, o carretel de fumaça que embaçava o conhecimento da mente humana se dissipava diante de seus olhos.

Seja na teimosia pacifista de um Mahatma, no naturalismo utópico de um Henry David Thoreau ou na fixação sexual de um Freud, a diferença entre um grande homem e o homem médio é que o primeiro cultiva sua imperfeição ao extremo, enquanto o "normal" se envergonha por não ser igual aos demais. Foi com gestos simples, como o radicalismo da não-violência, e por não se adaptar aos termos propostos pelos ingleses — exortando o povo da Índia à resistência pacífica, fazendo sal ou tecendo as próprias roupas —, que Ghandi torceu a espinha do Império Britânico.

A qualificação do que se enquadra como defeito ou virtude fica a critério dos padrões estabelecidos pelas castas dominantes: na interpretação moral dos fenômenos, a eterna luta entre Apolo e Dioniso. O mundo de hoje nos quer todos iguais: sarados, esquálidos, antenados, globalizados, belos e educados. Contudo, as personalidades veneradas da história, cada uma em seu tempo e à sua maneira, eram homens atípicos, trágicos, radicais ao extremo.

Tiradentes subindo os degraus da forca: um símbolo de liberdade tardia ou uma ameaça aos interesses da Coroa? Depende do distanciamento histórico, da necessidade do momento e dos Interesses de Estado, como também, por exemplo, a morte de Tancredo Neves no dia 21 de abril de 1985 (ah, conta outra, Tancredo já estava morto há cerca de vinte e quatro horas quando sua morte foi anunciada, e Tancredo nunca foi um radical). Nietzsche, que durante toda sua vida foi desprezado pela Academia, dizia ter um medo terrível de um dia ser declarado santo.

Os radicais são tão odiados que normalmente são eliminados. Como as baratas. Foi assim com Ghandi, com Sócrates, com Cristo e com tantos outros menos amados.

Um homem que vive radicalmente incomoda muita

gente; montado em um elefante, com um martelo na mão, destruindo todos os símbolos de consumo, o radical incomoda muito mais. Se os radicais saíssem de suas tumbas, nós os assassinaríamos de novo, quantas vezes fosse preciso: "Nada pessoal", diria Capone. "São apenas negócios". Mas não fosse pelos loucos visionários, esse mundo cão não teria a menor graça.

Em nome da propaganda oficial — um símbolo para se fundar uma igreja, o *slogan* para uma bandeira, religião, o mote para criar um partido político, uma marca de calça jeans —, o homem radical é mais útil para a Cultura depois de morto. "Do alto de sua ironia, a Esfinge cospe um novo enigma: o homem morre e acaba ou cada morte individual é o melhor adubo para a vida da cultura? Morre o homem para passar a viver na eternidade do corpo e da cultura? Ou morre a cultura em cada corpo que se deteriora?", questiona Cleide Riva Campelo, em *Cal(e)idoscorpos, um estudo semiótico do corpo e seus códigos.*

Para servir de estátua, argamassa, pedra, alicerce na construção de um novo templo, as mudanças de paradigma requerem um novo homem. Contudo, para que o novo homem possa nascer, de forma que tudo continue como antes, não há outra saída: há que se encontrar um radical para ser executado.

No seio da Cultura, o novo homem já nasceu póstumo. Quantos *Francelmos* terão que atear fogo ao próprio corpo para que a preservação da flora e da fauna seja mais importante do que a instalação de usinas de álcool no Pantanal Mato-Grossense? O mundo muda, mais pela visão dos radicais do que pela obediência dos normais.

Só os radicais são livres.

A CASA DA SENADORA JOANA

*Se você agir sempre com dignidade, talvez não consiga
mudar o mundo, mas será um canalha a menos.*
John F. Kennedy

O primeiro decoreba a gente nunca esquece. Alguns marcaram tanto a humanidade que parecem ter sido cunhados sob medida para os corações puros dos neófitos, como este: "Jurisdição é o poder que tem o Estado de dizer o direito". Parece bobagem, mas rios e rios de sangue foram derramados até que o homem chegasse a esse conceito tão arrebatador.

Para que os súditos conquistassem o direito de ir e vir, e de retornar à Casa da Mãe Joana, muito cuspe foi lançado das tribunas populares. Milhares de cabeças rolaram em nome do direito sagrado de falar quando nos for conveniente, ou de permanecermos em silêncio para não ter que contar mentiras deslavadas perante a Comissão de Perguntas Imbecis (CPI) da Câmara.

Para sorte dos formandos da FACUPLAC (Faculdades Arranjadas Corruptos Unidos do Planalto Central), a Teoria Geral do Processo Culinário foi condensada em uma receita de pizza. A massa até hoje é a mesma, só varia o recheio — Zé Sarnento que o diga. Sou bacharel em direito, turma de 2003, mas nunca exerci a advocacia, não tenho saco para bajular juiz.

Indicado por um amigo, ingressei no quadro de funcionários fantasmas do Legislativo Federal. Atualmente, presto serviço para quatro senadores, eleitos por estados diferentes. Opero nos bastidores, no mais absoluto sigilo. Para minha mulher e filhos digo que sou agente imobiliário, com negócios em Brasília, mas não é por que trabalho para a Casa do Espanto que me movo como um fantasma, e sim por causa do serviço espúrio que sou obrigado a fazer. E também pelo fato de ter sido nomeado por ato inexistente: melhor ser um morto-vivo do que morrer assassinado! No mais, não tenho do que me queixar; com os R$ 52 mil que recebo por mês dá pra criar a família.

Duas vezes por mês venho a Brasília para receber meu pagamento, sempre em dinheiro vivo. Na última vez que estive no Planalto Central, testemunhei uma cena lamentável. O fato aconteceu na Casa da Senadora Joana, boate servida pelas garotas mais lindas do cerrado, estabelecimento requintado, onde se bebe do melhor champanhe, come-se as melhores carnes do mercado e joga-se a valer o dinheiro do contribuinte.

Eu estava em um canto escuro, negociando verbas públicas com uma francesa no colo, um avião indomável que eu tentava comprar sem licitação. Vocês sabem como são as mulheres, sempre relutam em transferir tecnologia, a não ser em troca de vantagens monetárias. Não sei como a coisa começou; já havia tomado meia garrafa de uísque paga pelo Erário. Em meio à discussão sobre comissão de obra superfaturada, ouviu-se um revirar de mesas, barulho de copos quebrados, mulheres correndo e gritando, e o Senador Demole Torres, conhecido como Filho do Demo, sacou de uma pistola Glock e disparou cinco tiros; um deles acertou o braço do Bicheiro Ratoeira.

Não foi difícil abafar o busílis; a segurança da Casa da

Senadora Joana é feita pela Polícia Legislativa, portanto não haveria necessidade de processo, perícia, queixa- crime, nada dessas bobagens que tiram o sono das pessoas comuns. Mas, como diria o Zé Sarnento, um senador da República não é uma pessoa normal, de modos que utilizamos o helicóptero do Corpo de Bombeiros para remover o Bicheiro Ratoeira o mais rápido possível para uma clínica particular. Eram quase seis da matina quando cheguei ao apartamento funcional, crente que tudo tivesse sido resolvido.

Uma semana depois, num domingo, eu já estava em minha residência, a mil e duzentos quilômetros de distância da Capital Federal, quando a "manchete" que nós, do submundo de Brasília, já conhecíamos desde os tempos em que Oscar Niemeyer fumava cigarro com piteira, foi trombeteada no Programa "Fantástico": Torres atuava como satélite do Capitão Ratoeira no Senado, intermediando alterações em projetos de Lei, repassando informações privilegiadas, antecipando-se a operações da Polícia por meio de uma rede de espiões, intercedendo em nome do amigo bicheiro junto aos Tribunais Superiores e usando do prestígio de senador da República em prol das atividades criminosas do "Senador Ratoeira".

Segundo a Revista *ESPIA SÓ!*, Torres teria recebido US$ 2 milhões em subornos provenientes do esquema de jogo ilegal montado por Ratoeira, além de possuir linha exclusiva para falar com o bicheiro — um telefone Nextel com criptografia de voz, para escapar dos grampos da Polícia Federal. Torres, o demolidor da corrupção, algoz do Partido dos Trabalhadores, foi pego pela operação Monte Carlo falando pelos cotovelos. Caiu como um prédio em ruínas.

No meu tempo de estudante, isso jamais aconteceria: um senador nunca passaria a perna no colega. Seguíamos à risca a ética do Mercado da Corrupção: você protege seu contratante da Iniciativa Privada e ele te protege dentro da Administração Pública; evite aparecer; melhor um contratinho aqui, outro ali, do que chamar a atenção e ser engolido por um tubarão. Até hoje, faço questão de ensinar isso aos meus filhos...[1]

---

1 Esta é uma obra de ficção, e quaisquer semelhanças com pessoas vivas, de carne e osso, são meras assombrações que povoam a mente do autor.

O Mensalão dos filhos do Demo

A política é como o show business: você tem uma estreia
fantástica, desliza por algum tempo e termina num inferno.

Ronald Reagan

Voltando aos bons tempos da FACUPLAC (Faculdades Arranjadas Corruptos Unidos do Planalto Central), nossa turma era ótima. Tinha o João Noves-Fora, um sortudo que ganhou doze vezes na loteria, brilhante mentor da "Comissão do Orçamento" que viria a ser o protótipo do Mensalão. Ah, e o grande Marcos Careca, que desde pequeno já era assim: careca. Não esqueço uma frase, escrita na lousa pelo inquestionável Professor de Filosofia da Arte de Furtar, Dr. Jader Ranário — aquele, cuja mulher pegou 13 milhões de reais emprestados do BNDES para construir piscinas para suas pererecas (e nunca pagou), mas vamos à frase: "Qualquer grana que possa ser conseguida de forma escusa é indigna de ser obtida por meio do trabalho."
Marcos Careca não se conteve:
— Que absurdo, aclamado mestre! — discordou a brilhante cabeça, pensando nos batedores de carteira, nos traficantes, nos muambeiros e trombadinhas que exerciam o ofício arriscado e trabalhoso de aliviar o bolso alheio do peso da carteira.

"E as aulas de oratória?", aparteia-me a memória um ex-colega, discípulo do Padre Vieira, que vitimado por febre virtuosa entrou para a Ordem dos Franciscanos e morreu prestando serviços humanitários na África do Norte. Quanto desperdício! Diz a lenda que Demóstenes, o grande orador ateniense, para se obrigar a treinar um discurso se enfurnava no subsolo de casa e raspava metade dos cabelos da cabeça. Disciplinado, Demóstenes só deixava o porão depois que os cabelos crescessem, e/ ou quando sua oratória estivesse perfeita.

Contam que, um dia, inimigos levaram Demóstenes às barras do Conselho de Ética. Foi difícil encontrar um presidente para dirigir a sessão; cinco recusaram a relatoria. Depois de muito debate, a penosa tarefa foi entregue ao senador que estava mais próximo da morte compulsória. A sessão foi histórica. Composto por quinze membros, dentre os quais treze estavam com a ficha mais suja na Justiça do que pau de galinheiro, Demóstenes safou-se com esse paradoxo: "Provarei que sou inocente. Se eu estiver mentindo que sou inocente perante Vossas Excelências — modelos de falta de ética —, então sou culpado e devo ser absolvido por falta de ética. Se eu estiver falando a verdade ao afirmar que sou culpado, então fui inocente ao me aliar ao Bicheiro Ratoeira; porém, tendo em vista que o réu não pode ser condenado por ser inocente, então devo ser absolvido por excesso de ética. Em ambas as situações, se menti ou se falei a verdade, sou inocente da acusação de quebra de decoro, tanto quanto vós, que não fostes condenados para que não se esvaziasse o Conselho".

Demóstenes foi inocentado por unanimidade.

Adeamus ad montem fodere putas cum porribus nostrus. Ah, as aulas de latim, o tratamento respeitoso, como se estivéssemos no Senado Romano. Quanta cortesia entre os colegas: "Vossa Excelência é um excelentíssimo filho da puta!". Ao que o nobre parlamentar replicava: "Dê lembranças à vossa mãe, quando vós a visitardes na zona do baixo meretrício". E as aulas de medicina legal: quanta ilegalidade praticávamos! Muito úteis para aprendermos a eliminar as pistas dos assassinatos que todo político está sujeito a cometer no curso de seu mandato.

Bismarck e as salsichas. As salsichas, como as leis, são feitas de todo tipo de carne, principalmente as menos nobres. Para conhecer de perto a elaboração das leis, ao final de cada semestre os alunos visitavam uma fábrica de salsichas, oportunidade imperdível para se conhecer o processo de transformação dos votos em normas legais — começando pelo anteprojeto e passando pelas comissões, conchavos, superfaturamentos de emendas parlamentares e favorecimentos, quando se embutiam no corpo da lei os artigos encomendados por meia dúzia de interessados —, até que a lei saísse limpinha na boca do caixa. A parte mais excitante da manipulação de leis era a oficina da fábrica, onde aprendíamos a arte dos grampos telefônicos, quebra de sigilo bancário, formação de caixa 2, plantação de laranjas, instalação de microcâmeras, além da aula-bônus "Como fraudar o painel de votação do senado". Ao término da cátedra, o educando, de quebra, estava apto a inserir modificações no texto de uma lei mesmo depois de encerrada a votação da matéria.

Por fim, vinha a experiência real com a Massa Falida, prática forense estudada no último semestre do curso, na cátedra denominada "Como enganar a comissão de ética" — matéria divertidíssima, quando dançávamos, literalmente, no plenário! Quem não se lembra da Ângela Guaxinim? Pois bem, a parte mais sofrida da cadeira consistia em meter a mão na massa, mas antes tínhamos que estudar bem a receita, pra depois encontrar o ponto ótimo para se assar a Massa Falida. Da visita participaram o Roberto K. Jeca, o Larga O'Meu Queiroz, o Dudu Azedo, o Menino Malufinho, o Deflúvio do Nariz Suado, o vampiro de Banco de Leite senador Horroriz, o rei do gado Renúncio Encalhado e o Zé Diz Que Deu, diz que dá, diz que Deus dará, e se Deus negá, como é que vai ficá, ô nega? — desculpem, acabei me empolgando com a música do Chico Buarque.

A empresa escolhida pela Comissão de Perguntas Imbecis foi uma pizzaria chamada "Congresso Nacional". Com o Manual de Direito Comercial na mão, Roberto K. Jeca, o aluno mais curioso da turma, metido a barítono, com sua voz de cantor de cabaré perguntou ao dono do estabelecimento que compromisso acarretaria a pontualidade nos pagamentos, e se a mesada seria paga antes ou depois das votações. O pizzaiolo ficou engasgado com tamanha afronta; emudecido, fez de conta que não tinha entendido que o aprendiz de mafioso estivesse a lhe exigir propina. "É a crise econômica", justificou--se Queiroz, batendo no ombro do dono do estabelecimento.

Enquanto alguns procuravam desculpas esfarrapadas para a compra e venda de votos, o aluno Marcos Careca entrou sorrateiramente pelos fundos da pizzaria. Na cozinha do restaurante havia uma mesa enorme e suja, e em cima dela um monte de massa de trigo espalhada, tomates podres, mussarela embolorada e uma mala das grandes contendo milhares de notas de cem reais amassadas dentro de cuecas usadas, camisinhas usadas, pimentão, ovos gorados e cebolas vencidas: de tudo exalava um cheiro podre, de arder as narinas, e ao redor não se via um mísero cozinheiro. O proprietário seria o único funcionário, a quem, depois de liquidados os créditos trabalhistas e tributários, nada restara, exceto dívidas — concluíram os estudantes, entusiasmados, anotando os cifrões em seus moleskines.

Nisso, saindo do banheiro, entrou na cozinha o ajudante do mestre-cuca. Deflúvio do Nariz Suado, vendo que se tratava de um ex-colega de partido, chamou-o pelo nome. Os curiosos arregalaram os olhos, espantados:

— Meu Deus! Será o Jezuíno?

Jezuíno fora aluno da FACUPLAC, expulso recentemente por causa do furto de cuecas da Lavanderia de Dólares. Zé Diz Que Deu foi o primeiro a experimentar o sabor da massa fedida:

— O que é isso? Hum, parece bom — disse o caipira do interior de São Paulo, lambendo os beiços.

— Sai daí, Zé. Sai logo daí, isso vai dar merda! — aconselhou Roberto K. Jeca, apontando a falange direita para o colega, em tom de ameaça.

Zé Diz Que Deu, fazendo cara de deboche, manteve uma expressão de quem não estava nem aí para a rabiola, mas no fundo sabia muito bem do que RKJ estava falando.

— Se fosse comigo, eu não saía. Eu dou um boi pra não entrar numa briga, mas quando entro, dou uma boiada pra não sair! — intrometeu-se o Renúncio Encalhado.

— Pois eu já tô de partida. Prefiro perder uma teta do que a vacada inteira — revelou o vampiro de Banco de Leite, vulgo Horroriz.

— Será que a massa está falida? — perguntou Deflúvio do Nariz Suado, com a testa suada também; lá dentro fazia um calor dos diabos.

— É claro! Ocê num tá vendo, sô? — detonou o Careca, metendo a mão na massa e atirando a merda no ventilador de teto.

Foi uma gritaria geral. Notas de cem pratas voaram pra tudo quanto é lado. Todos tentaram fugir, mas o fedor era tanto, que emporcalhou a alma dos nobres aprendizes de pilantras até a terceira geração.

Dudu Azedo, um dos mais sensíveis, chegou a vomitar, dizendo ter sido enganado pelo Valfrido, enquanto o Marcos Careca rolava de rir pelo malfeito. Horroriz, fazendo cara de espantalho, gargalhava à tripa forra, e usando luvas esfregava a merda na cara do Encalhado:

— Você não quer ser Presidente do Senado? Então! Há que meter a mão na massa, nobre colega!

Larga O'Meu Queiroz quase teve um troço; chorava, limpava o terno com um lenço que tirou do bolso, enquanto se perguntava como ia explicar pra mamãe quando chegasse em casa a roupa tão suja e fedorenta.

Deflúvio foi mais esperto, e quando a coisa explodiu no ventilador já estava debaixo da mesa, escondendo os rastros dos "recursos não contabilizados".

Zé Diz que Deu tentou sair de mansinho pela porta dos fundos, mas foi seguido por Roberto K. Jeca, que o acompanhou propondo uma divisão da grana meio-a-meio. Do lado de fora, os dois quase chegaram às vias de fato por causa de um pirulito, comprado com o dinheiro que tinham roubado da Casa de Massas. A coisa foi tão feia que os dois viriam a ser expulsos da Faculdade.

— Não se assustem, colegas, essa massa não é de nada! Experimentem, por fora ela é fedorenta, mas por dentro é saborosa — discursava o Menino Malufinho em cima da mesa, tirando a gosma que lhe escorria pelo nariz adunco com um punhado de notas de cem reais como se fossem papel higiênico, que depois ele alegremente ajuntava dentro de uma sacola de supermercado. Malufinho lambia a merda como se fosse calda de chocolate, dizendo: "Vou levar um pouco para o *beu* filho!"

O Menino Malufinho estava certo: o acontecido não representaria nada de grave em seu currículo. Tudo não passara de uma brincadeira de criança, ninguém pagou um centavo pelos prejuízos. Perguntado sobre os milhões que escondera debaixo do colchão, ele respondia: "Eu não roubei. Mas quem encontrar o dinheiro pode ficar com ele."

O dinheiro da Pizzaria Congresso Nacional nunca foi recuperado. E ao final do dia, bastou um bom banho, com abundância de sabonete antiético, para que todos saíssem da Casa com as mãos limpas, prontos para outras estripulias.[2]

Moral: no Direito, ao contrário do jogo do bicho, nem sempre vale o que está escrito.

Trilha Sonora: Highway to Hell — ACDC.

---

2 Esta também é uma obra de ficção, e quaisquer semelhanças com pessoas vivas, de carne e osso, são meras assombrações que povoam a mente do autor.

A GOTEIRA NO TELHADO

Vida é o que acontece enquanto você está fazendo
outros planos.

John Lennon

Sempre fui excelente naquilo que não me competia resolver. Antes de o sol bater nas bancas de revistas, já havia lido todas as notícias através da internet. Não perco um telejornal. Sou especialista em solucionar problemas depois de acontecidos. Para vocês terem uma ideia, muito antes de a Troika recomendar o corte abissal de salários e benefícios dos cidadãos gregos, aprovado sem direito ao voto livre e soberano do povo, eu já havia encontrado a solução para reduzir os juros da divida pública da Grécia de forma suave. Ninguém, porém, me deu ouvidos.

No nosso caso, vejam vocês, meus caros compatriotas, o BACEN manteve os juros na estratosfera durante décadas — de um lado pretendendo reduzir o consumo e conter a inflação e, de outro, estimulando a especulação em detrimento da produção. E agora, quando a crise bate em nossas portas no ápice da desindustrialização nacional, com a enxurrada de dólares e a invasão dos importados, as classes C e D endividadas até a raiz dos cabelos, vêm os tecnocratas e nos prometem o Paraíso do Consumo. Em complô com a Banca Privada, os técnicos do Banco Central reduzem os juros e abrem as torneiras do crédito, incentivando o consumo através de novos empréstimos. Já dizia o filósofo da cicuta: "A diferença entre o veneno e o remédio está na dosagem." Quando eu tinha dezessete anos, mamãe se virou pra mim e disse: "Filho, nunca se case, o casamento é o Saara do sexo". Mamãe suicidou-se aos quarenta. Segui o conselho dela, ainda não me suicidei, mas continuo solteiro até hoje.

Eu estava com quarenta e oito anos e tudo corria bem na minha vidinha besta, até o dia em que fui convidado para ouvir uma palestra no Instituto de Desenvolvimento Goela Abaixo (IDGA). A primeira impressão que eu tive, ao me deparar com dois almofadinhas engravatados andando pra lá e pra cá, foi de uma total descrença. Como vendedor do Plano Morra com Saúde — uma tacada de gênio, que conjugava Assistência Médica com benefício funerário —, me julgava esperto demais para acreditar em qualquer coisa que não brotasse de minha própria inteligência privilegiada. Mas os caras sabiam tudo sobre quase nada: "Nosso método de gerenciamento pode ser aplicado em qualquer área, tanto em uma usina nuclear quanto na solução da goteira no telhado, ou até mesmo na melhora de sua vida sexual". Ooopa? "Tudo se resume em você identificar o problema e traçar um bom Plano de Ação", dizia um idiota de gravata amarela.

Por que não na solução dos problemas da nação? Voltei pra casa embasbacado. Nem com a inteligência do Bispo eu teria pensado numa forma tão simples e barata de ganhar dinheiro: o Gerenciamento Matricial da Receita. Mas o que me deixou mais fascinado foi a possibilidade que vislumbrei de fazer alguma coisa pra mudar de vida, não ficar somente no blablablá universal da lamentação humana. "Atitude proativa", esse era o lema.

Na noite daquele dia, dormi mal. Tive pesadelos, sonhei que mamãe estava sendo perseguida por um dragão que soltava fogo enquanto eu me via preso na torre do castelo, com as pernas imobilizadas por duas bolas de ferro. Acordei transtornado. De manhã, faltei ao trabalho, dirigi-me à sede do IDGA e pedi uma entrevista com o Mestre das Matrizes. O doutor foi direto ao assunto:

— Qual a sua meta de vida?

— Quero matar minha esposa sem deixar vestígios.

__ Você tem uma foto dela?

— Sim, aqui está.

Ele examinou a foto atentamente. Virou o verso e leu a dedicatória que eu mesmo havia escrito.

— Peraí! Isso não é uma mulher!... É uma boneca?

— Sim. Essa boneca é a minha esposa. Qual o problema? Não posso matá-la?

***

Eu morava com Mitsuko em uma casinha de dois quartos, financiada pelo extinto BNH, construída em um bairro apelidado de Pombal. Disposto a colocar em prática meus novos conhecimentos, o final de semana me impunha uma escolha difícil: traçar um Plano de Ação para resolver minha vida sexual ou sanar o problema da goteira no telhado. Em obediência aos preceitos do Santo Ofício, que receitava o sexo carnal apenas para garantir a procriação da espécie, havia um ano e oito meses que eu copulava apenas com Mitsuko, uma linda boneca de plástico adquirida nos Estados Unidos por cinco mil dólares. Bastou eu colocar o pé na porta da sala para ouvir a voz programada da japonacha.

— Amooor, você chegou? Como foi seu dia? Você me parece tão cansado... vem cá, deixa eu te fazer um carinho...

— Agora não, baby. E você, minha safadinha, o que fez o dia todo? Malhou muito na academia? Você está tão sexy... — dei um beijinho em Mitsuko, sentada no sofá, exatamente onde a deixei antes de sair para o trabalho, vestida com uma camisola diáfana.

Ela estava linda, cabelos negros e lisos, coxas grossas, bumbum arrebitado, sete modelos de vulva. Porém, eu já estava enjoado de transar com ela, o que me levou a decidir, de imediato, colocar em prática o Plano de Ação para estancar a goteira no telhado. O *upgrade* em minha performance sexual ficaria para outra encarnação. Mãos à obra!

Peguei lápis, prancheta e a caixa de ferramentas e subi no terraço. Primeiramente, conforme mandava a cartilha do IDGA, foquei a questão, rabiscando dentro de um círculo no papel: "A GOTEIRA NO TELHADO". Depois, provoquei em minha cabeça uma tempestade cerebral que me deixou até zonzo. Em menos de duas horas, já havia estudado a área, enquadrado o problema e definido as ações. A meta de minha vida naquele momento era o pé de manga, cujos galhos se estendiam sobre o telhado. Como estivesse bem carregado (o pé de manga), de vez em quando alguma fruta despencava rachando as telhas, o que de início provocou uma pequena goteira, que foi crescendo, crescendo, se acumulando e se infiltrando na laje... e, de repente, eu me via utilizando guarda--chuva dentro de casa.

E não é que tomar decisões pelo método racional chega a ser prazeroso? Gastei umas quatro folhas pra rascunhar o plano de ação — desde as ferramentas exigidas na operação, até o que fazer com os galhos a serem podados.

Entardecia, mas distraído com a tarefa, sequer me dei conta das nuvens escuras que se aproximavam. Absorto em alcançar a meta do dia, desconsiderei os primeiros pingos de chuva. Subi no pé de manga levando uma moderna serra de mil e uma utilidades que havia comprado em longas prestações, com juros suaves de 10% ao mês, serra, serra, serrador... Passados dez minutos do início de execução do plano, já havia me esborrachado no chão. Kabuuuummm!!!! — um raio atingiu o galho, partindo-o ao meio.

Como no mercado de ações, onde "tudo que sobe um dia tem que descer", hoje faz doze dias que estou no hospital, paralisado dos pés à cabeça. Por enquanto, consigo mover somente os olhos, mas minha mente nunca esteve tão desperta. *O que será que deu errado em meu Plano de Ação?! (...) Ah! É isso!* — exclamei com os botões de meu pijama, já que o raio me deixara completamente mudo. *Eu não havia atentado para as variáveis exógenas do problema!* E tampouco para as variantes psicológicas, que fizeram com que eu escondesse dos vizinhos meu casamento com uma boneca de plástico.

Percebi que a vontade louca de consertar o telhado não passava de uma desculpa pra me ver livre de Mitsuko, pelo menos por alguns minutos — fatalidade ou falha no detalhamento do Plano de Ação?

Jamais saberei. Nunca mais vou andar. O médico disse que estou condenado a passar o resto da vida em cadeira de rodas. O que me entristece é que eu nunca mais voltarei a sentir prazer com Mitsuko. Estou pensando em vendê-la, quem sabe apuro pelo menos uns três mil dólares.

A MÁQUINA DE CRIAR INDIFERENÇA

Ao Mancini e sua REFAZENDA2010

Direto da bolha do **Big Brother**: Rafa recomenda que Renata se masturbe. O tédio é um direito sagrado das massas, a benção de uma vida previsível e conformista. Por abominar a criatividade, o inimigo número um do tédio é a vida "inteiramente livre e triunfante", já dizia a canção do Belchior. Lembrando o velho Raimundo Sodré e seu "moinho de homens amassados, mansos meninos domados, massa de medos iguais", o tédio viceja sob a sombra das maiorias silenciosas.

Para Jean Baudrillard, a massa só é massa porque sua energia social já esfriou. As massas "idolatram o jogo de signos e de estereótipos, idolatram todos os conteúdos desde que eles se transformem numa sequência espetacular. (...) a maioria silenciosa é despossuída até de sua indiferença, ela não tem nem mesmo o direito de que esta lhe seja reconhecida e imputada, é necessário que também esta apatia lhe seja insuflada pelo poder".

Antes de se transformar em massa, os homens serviram de carne para canhão. O Estado ditava a religião e a religião sustentava o Estado. Escreveu Fustel de Coulanges em seu clássico *A Cidade Antiga*:

O homem nada tinha de independente. Seu corpo pertencia ao Estado, e destinava-se à sua defesa; em Roma o serviço militar era obrigatório até os quarenta e seis anos; em Atenas e Esparta o era por toda a vida. (...) A vida privada não escapava a essa onipotência do Estado. Muitas cidades gregas proibiam ao homem o celibato. (...). O Estado exercia sua tirania até nas menores coisas; em Locres, a lei proibia aos homens beber vinho puro.

Depois de 11 de setembro de 2001, dizem os especialistas, o mundo nunca mais foi o mesmo. A partir daquele dia, aurora espetacular do novo século, os direitos individuais cederam passo diante da marcha insana do medo e do terror. No Governo Bush, o Congresso Americano aprovou a criação de uma Super Agência de Segurança Interna, dando poderes aos Comandos Especiais e aos Serviços Secretos para extrapolar os limites do território americano, matando milhões de inocentes no Iraque, monitorando mensagens eletrônicas e comunicações telefônicas mundo afora, interrogando e prendendo suspeitos em locais clandestinos. Tecnologia para isso nunca lhes faltou: o FBI e a CIA operam dois sistemas de bisbilhotagem via satélite, denominados *Echellon* e *Carnivore*.

A internet, outrora espaço de compartilhamento, rapidamente converteu-se em instrumento de rastreamento e controle, segregando os usuários em guetos. Tendemos a frequentar sempre as mesmas páginas, de preferência as que confirmem nossos "preconceitos".

Eli Pariser, em palestra postada no sítio TED, alerta para os filtros-bolha na internet. As ferramentas de busca como o Google, e até mesmo o Facebook, fornecem resultados de acordo com hábitos de acesso do usuário. Algoritmos poderosos filtram o que consideram ser o desejado para nosso perfil. "Desse modo", alerta Pariser, "à medida que as companhias se esforçam para adaptar seus serviços às nossas preferências, ficamos presos dentro de uma bolha de filtros, de forma que não somos expostos à informação que poderia desafiar ou alargar nossa visão global. Isto, definitivamente, é ruim para nós e para a democracia".

Acreditem, duas buscas sobre o mesmo assunto no Google, realizadas em máquinas diferentes, gerará resultados diferentes. Ao pesquisar a palavra "Egito", por exemplo, de acordo com o perfil do cliente, um deles poderá receber apenas links sobre viagens, e nada sobre as últimas revoltas na Praça Tahir; o outro, por sua vez, terá como respostas prioritárias informações sobre a História e a situação social do Egito — é o que se chama "customização" da internet. Ou seja: não basta criar um sítio, é preciso conhecer e manter cativos os clientes. Só assim as empresas podem vender espaços para publicidade, e, sem perceber, o usuário estará comprando o que a Máquina está disposta a lhe empurrar.

Se antes o Estado controlava o súdito pela opressão, hoje o Estado-Mercado administra os impulsos dos indivíduos por meio da (in)diferença. Depois de conquistado o direito à individualidade a partir das Revoluções Burguesas, de cidadão o súdito se transformou em reles consumidor — um número de IP, uma senha, um número de cartão de crédito, assinatura digital, sequências de *bytes* armazenados no Sistema: da individualidade ao individualismo, à fragmentação e ao isolamento.

O celular da moda não o salvará. Aonde você for, venha de onde vier, a indiferença será sua companheira, todos os seus passos estão sendo rastreados. Um código de acesso definirá o seu perfil. O *site* que você frequentar o delatará, e ao digitar palavras impróprias, sua mensagem estará sendo monitorada.

As vítimas do Terror, coincidentemente, são os mesmos clientes do Mercado. O Terrorismo visa seus inimigos de forma indireta, elegendo diretamente como alvo a população civil, pela indiferenciação e massificação do indivíduo — os mesmos métodos utilizados pelos Mercadores do Consumo. "Sejamos razoáveis, peçamos o impossível", dizia a moçada em maio de 1968. E armaram nas ruas as barricadas do desejo. O sonho acabou. A imaginação jamais governará o mundo. A ação política, em vista do partidarismo, é desqualificada de antemão. Nenhuma força é suficiente para demover a massa de seu imobilismo espetacular. "Vote consciente", diz a propaganda. Contudo, a maneira como devemos participar já está formatada. A política tornou-se irrelevante, os candidatos são sempre os mesmos, suas ideias nos soam como anúncio de alvejante. O voto é utilizado para validar o Sistema, não para transformá-lo.

Nos eventos sociais, contente-se em fazer número. A opinião geral: "fiz a minha parte"; "foi legal"; "valeu!". E no domingo, devidamente participativo, assista ao seu programa favorito antes de retomar a produção do mundo na segunda-feira. Replique milhões de mensagens eletrônicas. Prisioneiro da teia global, quanto maior o número de "amigos", mais irrelevante se tornará sua mensagem, apenas uma entre bilhões. A Terra está esquentando. A Grande Barreira de Corais da Austrália está morrendo. O gelo dos polos está derretendo. Crise é sinônimo de oportunidade, e finalmente o Mercado terá uma chance *real e factível* de vender geladeiras para os esquimós. Cuide bem de seus cabelos: você precisará deles quando a radiação aumentar. Divirta-se. Viaje. Passe uns tempos em Nova York, mas fuja de Los Angeles antes do grande terremoto. Conheça o mundo para poder contar aos amigos. Faça filmes, tire milhões de fotos para provar que você existiu.

E então a massa fez-se Público. As manchetes se repetem. Você viu o vídeo da Luana? Ninguém se empolga por mais de quinze minutos. Amanhã, o barato será outro, enfim, um novo escândalo espetacular. Basta um vacilo para que em quinze segundos sua imagem corra o mundo pela internet. A realidade é o que se passa nas telas da tevê, do computador ou do celular. O meio se alimenta do meio, e não importa a mensagem. O acontecimento espetacular, a tragédia transmitida e retransmitida até o esgotamento da comoção, como um buraco negro, suga todas as possibilidades do real circundante, até que atinja o ápice de nossa apatia. Anônimos, por trás do simulacro eletrônico, nada é capaz de nos acordar desse transe hipnótico. Somos prisioneiros da hiper-realidade da qual nos fala Jean Baudrillard.

Para longe de nossas casas, o lixo industrial, a corrupção no Congresso Nacional, a fome na África, guerras, as revoltas no Mundo Árabe, tempestades, ondas gigantes e assassinatos: a notícia, nossa Dose Diária de Loucura, acalma-nos o desespero. Dentro de casa nos sentimos seguros, livres para transformar o mundo, mudando o canal da televisão. Dentro do quarto, os atores principais não podem vê-lo, sequer desconfiam de sua presença — você é apenas um número no índice de audiência.

Por fim, quando tudo nos parecer sem graça e entediante, eis que surgirá uma nova corrente na internet, um novo grupo de discussão, um vídeo ou uma música compartilhada aos milhões. Se você quiser *participar* é só entrar na máquina, fingir que acredita e repassar esta mensagem para todos de sua lista.[3]

---

3 Publicado originalmente no sítio da *REFAZENDA2010* em 02/12/ 2002, com revisão crítica e acréscimos feitos pelo autor em março de 2012.

O CHEIRO DO POVO

Os negros americanos inventaram o lamento do blues, que anos mais tarde seria capturado por Elvis Presley, Lennon, Clapton, Beatles e Stones, dando origem ao rock'n'roll, que na concepção de Keith Richards nada mais é do que um blues com a batida mais rapidinha. Os guitarristas ingleses "eram um bando de garotos brancos que queriam ser negros", disse Slash, ex-guitarrista do Guns N'Roses, em entrevista publicada no site Imprensa Rocker. Quando os Rolling Stones botaram os pés nos estúdios de gravação da Chess, em Chicago, a Meca do blues, passaram por um operário que pintava o teto: "O nome do operário era McKinley Morganfield, mais conhecido como Muddy Waters", disse Keith Richards, em "Curtindo adoidado", na *Revista Piauí* número 52.

Corria o ano de 1964. Pouco depois, os Stones ficariam milionários; "o mínimo que poderiam fazer era render homenagem aos seus heróis". Então, batizaram a banda com o título de uma música de Morganfield e cantaram louvores a ele e a todos os outros antepassados mais talentosos do que eles.

Muddy Waters, ou "águas barrentas", o guitarrista que influenciou a batida dos Stones, era um preto fodido; ganhava a vida pintando paredes e nunca veria o cheiro do próprio sucesso. Os herdeiros de Waters, igualmente pretos e pobres como ele, só veriam a cor da grana muitos anos depois de sua morte. Keith Richards, o guitarrista porra-louca dos Stones, só queria ser Muddy Waters, "embora eu jamais vá ser tão bom ou tão preto", declarou.

No Brasil, Cartola, um dos nomes mais criativos da MPB, só conseguiu gravar o primeiro disco aos 65 anos de idade. Antes de ser "redescoberto" por Stanislaw Ponte Preta, no final dos anos 1950, "Cartola chegou a ser dado como morto. Foi encontrado trabalhando em uma garagem em Ipanema, onde lavava 11 carros por noite, apesar da idade já avançada", vide matéria no site raizesmpb.folha.

No tempo negro da escravidão, a Santa Igreja Católica promovia debates pra decidir se os negros eram dotados de alma. Enquanto os brancos saiam de fraque e cartola pra ouvir música de câmara, os negros, sujos e maltrapilhos, vestindo apenas uma tanga de algodão, aproveitavam pra sacar da senzala seus tambores e atabaques e fazer a festa no terreiro, movidos a cachaça, pés de galinha e muita farofa.

Tudo que é original na música popular americana, do norte ao sul do continente, dos anos 1920 em diante, nasceu das mãos sujas e calejadas dos pretos descendentes de escravos. Só o negro poderia ter criado o samba, o blues, o jazz e a capoeira. Só um negro poderia ter ensinado os brancos a tocar guitarra como Jimmy Hendrix. Tudo que veio depois, no mundo do rock, do jazz, do blues e na música popular, é fruto da admiração dos brancos pela arte suja nascida do sofrimento dos negros.

Apenas o homem escravizado teria motivos pra cantar e dançar, fazer oferendas ao sol, ao vento e à lua, pois não tendo nada a ganhar no reino dos brancos, exceto chicotadas no lombo, a única divindade que lhe restou para conquistar e obedecer morava nas forças que habitam a mãe natureza.

Difícil ouvir um batuque cadenciado, ao som de zabumba, pandeiro, chocalho, tamborim e o repique das baquetas no surdo e o corpo ficar parado, sem vontade de sapatear pra longe os problemas da vida.

"Porque o samba nasceu lá na Bahia, e se hoje ele é branco na poesia, ele é negro demais no coração", diz a letra do "Samba da Bênção".

O Bloco dos Sujos. Um rio de pernas e braços desfilando pelas ruas de São Domingos do Prata, não se sabe quem é preto quem é branco quem é rico quem é pobre quem é doutor ou quem é pé de chinelo. Atrás do Bloco dos Sujos, só não vai quem já caiu de bêbado...

O sujeito com grana ficaria intrigado: como pode um bando de sujos, sem fantasias ou adereços, fazer um batuque com tanta energia? Algo vem de muito longe no samba, quem sabe os tambores ancestrais que nos chamam, ou talvez seja a vontade aprisionada de tornar a ser criança, de se "sujar" na lama, de se deixar levar pela batucada e cair na farra, livre como um passarinho. Porque o povo é sujo, o povo é feio, o povo é branco, o povo é preto, o povo tem grana ou não tem grana. O povo não tem nada a ver com aquela gente que aparece nas novelas da tevê.

O povo é semente. No povo, estão presentes todas as possibilidades, todas as virtudes e defeitos. O povo não cabe nas roupas de grife, o povo é gordo, o povo é magro. O povo é o húmus, o povo é o barro do qual são talhados todos os artistas. É preciso ir aonde o povo está — já dizia Milton, em sua canção. O povo também pode ser rico, bonito, educado ou sem educação. Não importa. Todos somos povo. Nascemos povo e morreremos povo, ainda que em determinadas ocasiões alguns se julguem mais iguais do que os outros. No Bloco dos Sujos não há ninguém mais limpo, ninguém mais sujo, branco ou cheiroso do que o samba mais preto que ecoa pelas ruas de São Domingos do Prata, desde que o negro foi para o cativeiro e de lá cantou.

O carnaval de rua oferece a oportunidade, única no ano, de nos reconectarmos com as forças originárias de nosso povo de uma forma mais poderosa do que o exercício do voto, porque no samba só importa aos pés a alegria, e nas mãos de um político o voto logo se transforma em papel sem volta.

Quem tem coragem de dançar e batucar na rua está apto a enfrentar no resto do ano os perigos da vida. Se algum extraterrestre chegasse a São Domingos do Prata entre os dias 16 e 21 de fevereiro de 2012, ao ver aquele monte de pernas e braços desfilando nas ladeiras de pedra com certeza perguntaria ao primeiro transeunte: "O que se passa?"

É o Bloco do Sujo e sua batucada. Então tá explicado...
Há de algo de belo na sujeira. Como diziam os racionais: até no lixão nasce flor. Deve ser por isso que todo bom político, principalmente em época de eleição, faz questão de frequentar os botecos copo sujo, apertar a mão dos mais humildes, comer buchada de bode e pegar no colo crianças de fraldas borradas...

A COMUNHÃO GAY

Documento lançado pelo Papa condena o
casamento entre pessoas do mesmo sexo. Inconformados,
gays do mundo inteiro queimaram cuecas e calcinhas
em frente à Basílica de São Jorge, lançando campanha
pela apostasia — negação da fé católica.

Leio na internet: "Papa condena o casamento entre pessoas
do mesmo sexo". Absurda a declaração do Papado, exortando
os governos do mundo terreno a proibir a união legal entre os
homens que papam homens e os que gostam de ser papados
(ou papadas) por outros (ou outras) do mesmo gênero. Em
sua fala, o Santo Padre adverte que o casamento entre pessoas
do mesmo sexo constitui ameaça à sociedade, já que a prática
não garante a continuidade da espécie. Ora, e se todos os homens e mulheres praticassem a castidade, qual seria o destino
da humanidade?

Foi na Grécia que nasceu a pederastia. No diálogo *O
Banquete*, Platão faz um alerta aos homens que preferem os
mancebos, usando e abusando dos garotos para depois aban-
doná-los na sarjeta: "Seria preciso haver uma lei proibindo
que se amassem os meninos, a fim de que não se perdesse na
incerteza tanto esforço; pois é na verdade incerto o destino
dos meninos, a que ponto do vício ou da virtude eles chegam
em seu corpo e sua alma."

Nem só de broa viverá o homem. Os gays, nesses últimos 2.500 anos de História, contribuíram às *picas* para a evolução da humanidade. Pra começar, repare no botão da camisa ou no fecho da calça que você está usando: o design é obra de um gay. O mundo da moda, aliás, é gay dos pés à cabeça, com uma parada obrigatória na região glútea.

"Toda glória é efêmera", sussurrava o escravo ao general romano agraciado com os louros da vitória. Com a queda do Mundo Grego nas mãos de Alexandre, o Grande Gay, em 323 a.c, instalou-se um século mais tarde o delírio de Roma, a cidade eterna, com seus teatros e estádios, suas festas para os deuses pagãos, as termas e os banhos públicos, as casas de massagens, as bacanais regadas a muito vinho e os sangrentos combates no Coliseu. *Panis et circenses.* Quanta beleza nos legaram os césares, nas artes, no direito, na arquitetura e nos costumes! E os afrescos de Michelangelo na Capela Sistina, encomendados pelo Papa Júlio II — veio daí a palavra "frescura".

No avião, sempre que o aparelho decola, você não sente um friozinho na barriga? Pois então, foi invenção de um grande gênio da aviação (estou falando do avião e não do friozinho na barriga)! Quanto ao chapeuzinho mole caindo nos olhos, aquele tipo nunca me enganou...

E o Sistema Solar de Galileu, com aquela parafernália esplendorosa de planetas girando em torno do sol, sem nenhum astro abalroar o outro? Como é que pode uma coisa tão maravilhosa? Gente! Mistério desvendado por um gay, que morreu queimado pela Santa Inquisição.

Leonardo da Vinci? Um dos maiores gays da humanidade: engenheiro, pintor, inventor, arquiteto, cientista, dentista, cartunista, pedreiro, manobrista, jardineiro e preceptor de meninos nas horas vagas.

Isaac Newton, a maçã e a lei da gravitação universal: se fosse na cabeça de um cabra macho, teria despencado um coco da Bahia! Sabe aquela porcelana que você ganhou de presente de casamento? Os brincos que você deu pra sua esposa? Arte gay. Cá entre nós, não sei se você já reparou, mas as mulheres mais gostosas do pedaço estão sempre rodeadas de gays. Ninguém consegue ficar imune, dois minutinhos sequer sem consumir qualquer produto que não tenha sido tocado pelo dedo sensível de um gay.

É humanamente impossível separar e classificar os acontecimentos, os grandes nomes, as grandes obras artísticas, as grandes descobertas científicas, os grandes feitos da cultura, por categorias de comportamento sexual. A filosofia e a arte não têm sexo. As maiores descobertas da humanidade são frutos do agir coletivo (a roda, o chicote, o arreio e o arado são exemplos), do compartilhamento e da comunhão. No mundo das ideias, tudo aspira ao belo, seja homo ou hetero, ensina-nos Mestre Platão. A propósito, vejam o vídeo no You-Tube: um em cada dez argentinos é gay!

Quem nunca ouviu falar da cervejaria de Munique nos anos 1930? Foi lá que se reuniram, pela primeira vez, com seus cabelos louros, a face dura e os olhos cor de gelo, botas de cano longo impecavelmente lustradas, dólmãs enfeitados com medalhas chiquérrimas, os alemães que fundaram a elite militar do Nazismo. Mas eles não estavam ali apenas pra beber cerveja. De 1939 a 1945, o mundo tremeria sob o tacão das botas acolchoadas, especialmente fabricadas com pelo de urso panda para um gay de bigodinho, conhecido pelos íntimos como Adolfinho. Alguém duvida? Está tudo no livro *A vida secreta de Hitler*.

Da Grande Guerra nasceu a Paz. Capitaneado pelos *beatniks*, Jack Kerouac e Allen Ginsberg, o movimento *hippie* botou o pé na estrada, levando o rock a tiracolo com suas guitarras elétricas, as drogas e a contracultura, e então o mundo, outrora cansado da guerra, converteu-se no solo propício para que a juventude pudesse espalhar seu lema: Paz e Amor. Por vias tortas, o que foi o maio de 1968, senão um espasmo orgástico em plena Guerra Fria? Por alguns meses, os jovens acreditaram que as flores venceriam os canhões.

Às vezes, em certos momentos difíceis da vida, precisamos de um gay para nos ajudar a encontrar a saída. No filme "Ninguém é perfeito", Robert de Niro, na pele de um ex-policial, sofre um derrame e passa a depender da ajuda de uma *drag queen*, seu único amigo.

Abra os olhos: quer você goste ou não, há um gay gerenciando sua vida, fazendo a cabeça de seu filho, ditando os últimos acontecimentos da moda, do cinema e da literatura, comandando a Administração Pública e a Privada, atuando nas mais altas esferas da política.

Não há fato que resista a um bom boato. Quanta maledicência se inventou sobre a pessoa de Freud, devido à sua compulsão por viver com um charuto na boca! E quem foi um dos grandes biógrafos de Freud? Não foi outro, senão um cara chamado Peter, Peter Gay.

Quantos homens não se casaram com mulheres só pra escapar da boca do povo? Tchaikovsky foi um deles. Assim ele escreveu à Antonina Miliukova, sua mecenas: "Busco no matrimônio uma espécie de compromisso público com uma mulher, a maneira de tapar a boca de tanta gente desprezível."

Mas, e quanto aos direitos humanos das pessoas ditas normais? O direito positivado é fruto das relações sociais. Primeiro, a sacanagem eclode no mundo dos fatos; só depois é que surge o "Direito", impondo as normas jurídicas para pacificar a sociedade. O Judiciário do Rio Grande do Sul, terra de gaúchos machos, foi o primeiro a garantir aos casais homossexuais o direito à sucessão hereditária. A Previdência Social teve que curvar a espinha contra a enxurrada de ações judiciais, até ser obrigada a amparar o companheiro supérstite (supérstite é o gay que sobrevive à morte do companheiro) com direito à pensão. Depois de muita polêmica, em sessão histórica, no dia 05 de maio de 2011, o Supremo Tribunal Federal reconheceu a união homoafetiva como entidade familiar, garantindo aos casais gays os mesmos direitos conferidos às uniões estáveis entre homem e mulher.

No mundo da economia, a ordem é o preconceito zero; as indústrias se especializam, fabricam móveis, inauguram bares e promovem pacotes turísticos sob medida para o público GLS. Não importa a cor do gato, desde que ele *coma* o ratinho cor-de-rosa — esse é o lema do mercado.

Não é pecado algum o cara ser gay. Isso é intriga da oposição. Por sua vez, não seria conveniente, no curto espaço desse simpósio, abordarmos a questão dos padres pedófilos: não é assunto para a família cristã. Deixemos o caso tramitar em segredo de justiça.

Todo homem, toda mulher, tem algo de veado. Tudo está interligado. Todos os seres circulam uns nos outros, já dizia o filósofo Denis Diderot. Se a natureza dependesse do que pensa a Santa Madre Igreja, até hoje estaríamos na Idade das Trevas: a Terra Quadrada seria o centro do Universo, a cerveja que desce redondo pelos mictórios jamais teria sido inventada e a Inquisição ainda estaria caçando bruxas e queimando bichas em praça pública. *Eppur si muove.* Quanto à Teoria da Evolução das Espécies, o Vaticano só vai se posicionar no dia em que um homem virar macaco.

Retornando ao mito contado por Aristófanes no Banquete de Platão, o futuro, para o cientista italiano Umberto Veronesi, pertence aos andróginos. A espécie humana deve caminhar para o bissexualismo, "como resultado da evolução", ele afirma. O homem, o macho, está perdendo suas características, a produção de esperma caiu pela metade depois dos anos 1950 e o útero feminino, com o avanço da clonagem, perdeu a exclusividade no processo de fecundação. Finalmente, o ideal platônico do amor, pela contemplação da beleza em si e não nos corpos, poderá ser realizado, libertando-se o homem das correntes pegajosas do intercurso sexual.

Olha, minha gente, tem mais uma coisinha apenas: eu não sou pago para defender os gays. Os homossexuais sabem se virar sozinhos, e muito bem! Mas acho uma sacanagem esse lance de os gays, em protesto, como um bando de gazelas ensandecidas, negarem a fé católica e saírem por aí queimando calcinhas. Quanta falta de solidariedade com seus irmãos de túnica e estola!

A fé não tem sexo nem religião. Quem sabe o Vaticano não terá prestado um grande favor à causa dos apóstolos do Arco-Íris ao declarar abertamente o medo que não ousa admitir?

Um dia, os gays vão dominar o mundo. A propósito, você já comungou hoje?[4]

---

4 Nota do autor: publicado no site da *REFAZENDA* em 04/08/03.

A MALDIÇÃO DE AÉCIO

Aécio Neves tornou-se vítima de maldição desde o dia em que carregou a maleta do primeiro presidente civil eleito, após vinte e um anos de ditadura. A presidência caiu no colo de Tancredo por obra e graça dos militares, como efeito retardado da segunda bomba que não explodiu no Riocentro. Devido ao seu perfil conciliador, Tancredo era o político ideal para que os milicos garantissem o controle da situação durante a transição de uma Ditadura Envergonhada para uma Ditadura Consentida. "Conciliação" era a palavra-chave, a mesma conciliação que garantiria a impunidade dos militares brasileiros, os únicos da América Latina a serem anistiados pelo Supremo Tribunal Federal por crimes imprescritíveis contra a Humanidade. Consenso é o pavor do que não se expressa, já dizia Derrida.

Essa conversa de conciliação, aliada ao papo de ser a presidência um destino e não uma escolha, marcou o espírito de Aécio como uma martelada na cabeça.

Naquele momento crucial da História — "DIRETAS JÁ!", passeatas, comícios com a presença de grandes cantores da MPB — Tancredo representaria de forma excepcional o papel de Lavador de Almas da Nação, "o escolhido", o homem disposto a subir no cadafalso do Colégio Eleitoral em prol do povo brasileiro.

A emoção estava no ar, vinte e quatro horas por dia. Os especialistas em manipular as massas sabem que a emoção é uma droga, que, se bem administrada, alastra-se como vício, gerando no usuário o desejo de reviver os momentos trágicos ou mágicos, a depender do desfecho da picada. De uma forma ou de outra, a âncora da emoção sempre deixa sua marca irrevogável na mente do cliente.

O desfecho da transição democrática vocês já conhecem, depois de trinta e oito dias de agonia, com Tancredo sendo exibido como um boneco pelos médicos do Hospital de Base de Brasília em foto tirada no dia 25 de março de 1985 até a comoção popular ocasionada pelo anúncio da morte e o sepultamento do corpo do Presidente em São João Del Rey.

A morte de Tancredo carimbou o passaporte político de Aécio, que passou a se enxergar como "o melhor presidente que o Brasil nunca teve". Desde então, está condenado a repetir o destino manifesto que lhe foi impingido pelo avô: continuar sendo o que sempre foi sem nunca chegar a ser o que poderia ter sido. Confuso, não?

Nem tanto, foi mais ou menos essa a resposta que Aécio deu ao jornalista Josias de Souza: "Tenho dificuldade de entender as surpresas ou frustrações que alguém possa ter com o fato de eu continuar sendo o que sempre fui e fazer o que sempre fiz na minha vida pública." Ou seja, Aécio quer continuar fazendo o que sempre fez: (insira aqui a palavra que exprima a relevância de Aécio para a renovação política brasileira).

Portanto, Aécio, como quem não quer nada, não desejaria a Presidência da República. Aécio quer que o povo brasileiro queira que ele seja Presidente. Também estou ficando confuso, mas, segundo a filosofia acaciana, para que Aécio um dia venha a se tornar Presidente ele não precisaria fazer nada mais do que já está fazendo em todos esses anos de vida pública. Basta que mantenha o nome nas bocas, frequente as passarelas, fuja do debate, não entre em polêmicas; e no momento propício, ao contrário da onda que se quebra na areia, Aécio continuará sendo de novo do jeito que sempre foi um dia. Ficou mais confuso ainda?

Paciência. A História dá voltas em espiral, e o mesmo aconteceu com Tancredo, que, mineiramente, tinha uma habilidade incrível para se colocar no lugar certo nas horas mais incertas. Tudo está interligado. No episódio conhecido como Atentado do Riocentro, foi a irmã de Aécio, Andrea Neves, uma das primeiras pessoas a prestar socorro ao capitão Wilson Dias Machado, sobrevivente do frustrado atentado terrorista.

Repetindo, pra frisar bem: Aécio ainda não se livrou da maldição do avô, maldição que consiste em ser o que se é sem nunca chegar a ser o que poderia ter sido. Daí a importância da morte: aliada secreta, a morte com sua foice é o ponto de irrigação política do nome de Aécio, figura responsável por manter acesa a chama de uma candidatura à presidência cada vez mais distante.

Dia desses, o Jornal Estado de Minas soltou uma nota afirmando que Aécio poderá se candidatar ao Governo de Minas em 2014. Já está eleito.

"Não adianta fugir, nem mentir pra si mesmo", diz a canção do Lulu. Pois então, Aécio, para encontrar seu destino, viabilizando-se como candidato à Presidência da Nação Brasileira, dependerá da morte de terceiros. Por isso, está sempre se movendo nos bastidores, buscando cooptar aliados entre os apoiadores do Governo Federal, preservando de críticas os ministros mais incompetentes, de olho em rebarbas políticas. Por dentro, para justificar seu imobilismo, Aécio garante que nunca mudou, mas no mundo externo conta com várias mudanças que espera que aconteçam. Como o mineiro não é bobo, se Dilma continuar com a popularidade em alta, Aécio não se arriscará a confrontá-la em 2014. Vai mandar o José Serra, para o paulista perder o resto dos cabelos. E se o Lula quiser se recandidatar, Aécio vai ficar quietinho em Minas, esperando a marola passar.

Quando as portas da História se abrirem para ele, Aécio não terá pudores em se aliar aos quadros fisiológicos mais medíocres, às forças políticas retrógradas que sustentaram o Governo do PT por todos esses anos. Mas, para que seu plano secreto dê certo, é preciso que algo de extraordinário ocorra.

Em se tratando de possíveis candidatos a uma morte extraordinária, esse defunto não precisa necessariamente ser o de um companheiro do PSDB, que esteja atrapalhando os planos do tucano mineiro; pode ser a morte simbólica de um modelo de governo, de um projeto político, ou até mesmo o passamento de um líder popular, fazendo por linhas tortas com que a bola da Presidência caia no peito de Aécio.

Quando esse fato extraordinário acontecer, quando Aécio tiver a chance de tornar-se Presidente do Brasil por força do acaso, a maldição legada ao neto pelo avô terá chegado ao fim. Aécio estará com 76 anos. O imortal José Sarney ainda estará vivo para presidir a cerimônia de entrega da faixa presidencial a um Aécio cada dia mais remoçado... Mas eis que dois dias antes de sua posse como Presidente da República Federativa do Brasil, Aécio inventa de comemorar a vitória pegando onda em uma praia escondida na Austrália. Relembrando os tempos em que surfava na orla carioca, o neto de Tancredo arrisca uma manobra perigosa, perde o controle da prancha e bate com a cabeça numa pedra.

Aécio, o menino do Rio, morre na praia, como sempre sonhou.[5]

---

5 Nota do autor: os fatos previstos são mera ficção, os fatos históricos interpretados estão recheados de presunção.

O GALOPE

Mizael Amâncio da Silva, vinte e dois anos, casado, pai de cinco meninos, cabra marcado pra morrer no cabo de uma enxada, agregado da Fazenda do Coronel Bastião, vivia com meio salário mínimo, mas seu maior sonho era um dia poder ler um livro, de cabo a rabo. Nem soletrar ele sabia. Nunca tinha frequentado escola. Conta de somar e de diminuir ele fazia de cabeça, mas só até doze, que era a quantia máxima de uma dúzia de ovos, de bananas ou de mandiocas, mantimentos que Mizael colhia e vendia na feira nos dias de sábado.

Mizael ficava abismado com os meninos do terceiro ano primário, que juntavam as letrinhas e liam, igualzinho gente grande falando notícia, na verdade até mais bonito. Também, se não fosse assim, como é que a gente ia entender o que estava escrito?

Mizael ia à missa todos os domingos. Abobado ele ficava era de ver os pequeninos, de calçõezinhos azuis, alunos do catecismo, camisinha branca faltando botão, a barriguinha inchada de vermes mostrando o umbigo, daí um deles chegava no altar e lia uma passagem da Bíblia — e era como se a gente voltasse na época de Cristo. Palavras da Salvação.

Um dia apareceu pela cidade uma dessas bibliotecas ambulantes, montada sobre um ônibus cheirando a novo: era um tal de Sô Bral que prometia ensinar o povo do lugar a ler e a escrever o analfabeto.

Mizael criou coragem e iniciou-se nas letras. Todos os dias, depois da lida na roça, o matuto da Silva era o primeiro a chegar à escola. Primeiro, com a professora pegando em sua mão, Mizael aprendeu a garatujar o próprio nome. Aos poucos, o caboclo foi avançando no aprendizado: "a, e, i, o, u"; erre arrá tê-otó: ra-tó; esse assá peo-pó: sa-pó".

Das poucas coisas boas da vida, depois de aprender a escrever, comprar um jegue e cavalgar era o que Mizael mais queria. Beijar na boca também, mas isso ele nunca teve coragem de pedir pra esposa, dois anos mais nova do que o marido. No entanto, Mizael não tinha montaria, não lia, não escrevia, só carpia e fazia menino.

Um dia, Mizael comprou uma caneta e um caderno na venda do Zé Coelho. Depois do almoço, sentado debaixo do pé de canelinha, desenhou a primeira palavra que aprendeu sozinho, sem a ajuda da professora: Pocotó.

Pocotó era o som dos cascos do animal batendo na capoeira quando o bicho corria em disparada, o peão montado em pelo campeando boiada. Mordendo a língua, Mizael apertou a caneta e enroscou o cabresto na boca do bicho. O fio de quenga deu um coice e andou quatro passos, quase lhe derrubando o caderno.

Com muita calma, subiu no cupim e montou. O alazão bateu as patas, Mizael pediu "calma, Ventania".

Obedecendo ao toque no cabresto, o animal andou três passos: pocotó, pocotó, pocotó. E depois:

Pocotó, pocotó, pocotó e pocotó.

Mizael segurou o chapéu, apertou as esporas. Agora

o vento batia na crina do quadrúpede. O animal estufava as ventas. O mundo ia ficando pequeno. O cavaleiro sentia que não pararia jamais, enquanto houvesse caderno e tinta. Havia começado o galope:

Pocotó, pocotó, pocotó, pocotó, pocotó, pocotó, Pocotó, pocotó, Pocotó, pocotó, pocotó, pocotó, pocotó, Pocotó, pocotó, Pocotó, pocotó, pocotó, pocotó, pocotó, pocotó, Pocotó, pocotó, Pocotó, pocotó, pocotó, pocotó, pocotó, pocotó, Pocotó, pocotó, Pocotó, pocotó, pocotó, pocotó, pocotó, pocotó, Pocotó, pocotó, Pocotó, pocotó, pocotó, pocotó, pocotó, Pocotó, pocotó, Pocotó, pocotó, pocotó, pocotó, pocotó, Pocotó, pocotó, Pocotó, pocotó, pocotó, pocotó, Pocotó, pocotó, pocotó, Pocotó, pocotó, Pocotó, pocotó, pocotó, pocotó, pocotó, Pocotó, pocotó, Pocotó, pocotó, pocotó, pocotó, pocotó, pocotó, Pocotó, pocotó, Pocotó, pocotó, pocotó, pocotó, pocotó, pocotó, pocotó, Pocotó, pocotó, Pocotó, pocotó, pocotó, pocotó, pocotó, pocotó, Pocotó, pocotó, Pocotó, pocotó, pocotó, pocotó, pocotó, pocotó, pocotó, Pocotó, pocotó, Pocotó, pocotó, pocotó, pocotó, pocotó, pocotó, Pocotó, pocotó, pocotó, pocotó, pocotó, pocotó, Pocotó, pocotó, Pocotó, pocotó, pocotó, pocotó, pocotó, pocotó, Pocotó, pocotó, Pocotó, pocotó, pocotó, pocotó, pocotó, pocotó, pocotó, Pocotó, pocotó, Pocotó, pocotó, pocotó, pocotó, pocotó, pocotó, Pocotó, pocotó, Pocotó, pocotó, pocotó, pocotó, pocotó, pocotó, Pocotó, pocotó, Pocotó, pocotó, pocotó, pocotó, pocotó, pocotó, pocotó, Pocotó, pocotó, Pocotó, pocotó, pocotó, pocotó, pocotó, pocotó, Pocotó, pocotó, pocotó, Pocotó, pocotó, Pocotó, pocotó, pocotó, pocotó, pocotó, pocotó, pocotó, Pocotó, pocotó, Pocotó, pocotó, pocotó, pocotó, pocotó, Pocotó, pocotó, pocotó, pocotó, pocotó, pocotó, Pocotó, pocotó, Pocotó, pocotó, pocotó, pocotó, pocotó, pocotó, Pocotó, pocotó, Pocotó, pocotó, pocotó, pocotó, pocotó, pocotó, pocotó, Pocotó, pocotó, Pocotó, pocotó, pocotó, pocotó, pocotó, pocotó, Pocotó, pocotó, pocotó, pocotó, pocotó, Pocotó, pocotó, Pocotó, pocotó, pocotó, pocotó, pocotó, pocotó, pocotó, Pocotó, pocotó, Pocotó, pocotó, pocotó, pocotó, pocotó, pocotó, Pocotó, pocotó, pocotó, pocotó, pocotó, pocotó, Pocotó, pocotó, Pocotó,

pocotó, pocotó, pocotó, pocotó, pocotó, Pocotó, pocotó, Pocotó, pocotó, pocotó, pocotó, pocotó, pocotó, Pocotó, pocotó, Pocotó, pocotó, pocotó, pocotó, pocotó, pocotó, Pocotó, pocotó, Pocotó, pocotó, pocotó, pocotó, pocotó, pocotó, Pocotó, pocotó, Pocotó, pocotó, pocotó, pocotó, pocotó, pocotó, Pocotó, pocotó, pocotó, Pocotó, pocotó, pocotó, pocotó, pocotó, pocotó, Pocotó, pocotó, Pocotó, pocotó, pocotó, pocotó, pocotó, pocotó, Pocotó, pocotó, Pocotó, pocotó, pocotó, pocotó, pocotó, pocotó, Pocotó, pocotó, Pocotó, pocotó, pocotó, pocotó, pocotó, Pocotó, pocotó, Pocotó, pocotó, pocotó, pocotó, pocotó, pocotó, Pocotó, pocotó, Pocotó, pocotó, pocotó, pocotó, pocotó, pocotó, Pocotó, pocotó, Pocotó, pocotó, pocotó, pocotó, pocotó, pocotó, Pocotó, pocotó, Pocotó, pocotó, pocotó, pocotó, pocotó, pocotó, Pocotó, pocotó, Pocotó, pocotó, pocotó, pocotó, pocotó, pocotó, Pocotó, pocotó, Pocotó, pocotó, pocotó, pocotó, pocotó, Pocotó, pocotó, Pocotó, pocotó, pocotó, pocotó, pocotó, Pocotó, pocotó, Pocotó, pocotó, pocotó, pocotó, pocotó, pocotó, Pocotó, pocotó, Pocotó, pocotó, pocotó, pocotó, pocotó, pocotó, Pocotó, pocotó, Pocotó, pocotó, pocotó, pocotó, pocotó, pocotó, Pocotó, pocotó, pocotó, pocotó, pocotó, pocotó, Pocotó, pocotó, Pocotó, pocotó, pocotó, pocotó, pocotó, pocotó, Pocotó, pocotó, pocotó, Pocotó, pocotó, pocotó, pocotó, pocotó, pocotó, pocotó, Pocotó, pocotó, pocotó, pocotó, pocotó, pocotó, Pocotó, pocotó, Pocotó, pocotó, pocotó, pocotó, pocotó, pocotó, Pocotó, pocotó, Pocotó, pocotó, pocotó, pocotó, pocotó, pocotó, Pocotó, pocotó, Pocotó, pocotó, pocotó, pocotó, pocotó, pocotó, Pocotó, pocotó, Pocotó, pocotó, pocotó, pocotó, pocotó, pocotó, pocotó, Pocotó, pocotó, Pocotó, pocotó, pocotó, pocotó, pocotó, pocotó, pocotó, Pocotó, pocotó, pocotó, Pocotó, pocotó, Pocotó, pocotó, pocotó, pocotó, pocotó, pocotó, Pocotó, pocotó, Pocotó, pocotó, pocotó, pocotó, pocotó, pocotó, pocotó, pocotó, Pocotó, pocotó, Pocotó, pocotó, pocotó, pocotó, pocotó, pocotó, pocotó, pocotó, pocotó, Pocotó, pocotó, Pocotó, pocotó, pocotó, pocotó, pocotó, pocotó, pocotó, Pocotó, pocotó, Pocotó, pocotó,

pocotó, pocotó, pocotó, pocotó, pocotó, Pocotó, pocotó, Pocotó, pocotó, pocotó, pocotó, pocotó, pocotó, Pocotó, pocotó, Pocotó, pocotó, pocotó, pocotó, pocotó, pocotó, Pocotó, pocotó, Pocotó, pocotó, pocotó, pocotó, pocotó, pocotó, Pocotó, pocotó. Alguém gritou lá de baixo: "Mizael, ô Mizael, o Coronel tá te chamando!"

O jagunço tava preparado pra ir até o fim do mundo, galopando feito um *post scriptum*. Obrigado a interromper o galope, Mizael não largaria a Bic antes de puxar as rédeas da montaria. Depois de 200 páginas de cavalgada, era chegado o momento do grande final.

Mizael puxou o freio, o cavalo deu um repique e estacou. Cavalo e cavaleiro estavam exaustos, a ponto de os dois quase caírem pela espiral. A caneta negava tinta. Mizael balançou a bicha quatro vezes, e com o restinho de carga no cartucho escreveu: FIM.

Psicologia aplicada à bananeira

Quem acreditou ter entendido algo de mim, havia ajustado
algo de mim à sua imagem.

Nietzsche

Freud criou o método de associação livre. O analista de Bagé inventou a técnica do joelhaço. J. T. Palhares, meu alterego, jamais publicou uma linha de sua teoria psicanalítica da bananeira. As aulas do ilustre canalha se perderam nos botecos da vida, expostas ao tempero salgado dos petiscos. Regadas com a mais gelada cerveja, as palavras do mestre, proferidas entre bêbados, ladrões, artistas fracassados, barnabés do serviço público, torcedores fanáticos, políticos de ocasião e prostitutas, escorreram pelos ralos e bueiros — como tudo na vida.

Chavões. Modelos retóricos de mundo, recortes da realidade. Estou farto de discursos que pretendem alcançar a totalidade por meio de escaramuças teóricas. Quanto desperdício de saliva!

As perguntas que há milênios se fazem os filósofos — "o que é a realidade?"; "existe a realidade?"; "se a realidade existe, podemos apreendê-la por meio da autoconsciência?" — continuam as mesmas, e sem solução. São tantas as verdades, cada um de nós que colha a sua para enfrentar as noites em claro.

Contudo, ainda me pergunto: será que conseguiríamos viver neste mundo, senão por meio de sonhos, ilusões ou fantasias?

***

Prezados habitantes de minha fauna e flora interior, queridos memes, caspas e bactérias, descobri que venho sendo manipulado desde antes de meu nascimento. Estudos biológicos comprovam que o sexo do bebê somente se define por volta da sexta semana de gestação. Nesse intervalo (da fecundação até a sexta semana: *alea ejaculata est*), a sorte do bípede estará sendo lançada na Assembleia Genética da Espécie Humana, o fórum responsável pela formação de órgãos e tecidos. Nesse estágio da célula-ovo, pelo sim pelo não, serão seis semanas de indefinição, de bilhões de uniões, reuniões e divisões gametócitas por segundo, trilhões de arranjos, manipulações genéticas, cruciais pra decidir se vai dar sino ou badalo. E não há quem nos defenda nesse momento crítico de nossa pré-existência anatômica, nenhum Sindicato ou Associação de Classe. Onde estava o movimento das donas de casa?

Muito antes de eu me esconder atrás da bananeira, quando ainda boiava no vácuo de minha inexistência, eu não sabia se nasceria homem ou macaco. Naquele estágio, eu poderia divergir até de mim mesmo. Eu sequer sabia se iria inaugurar minha própria existência como "um vir a ser", sendo ou deixando de ser. Se estou falando tanto "eu" é porque tem motivo, logo abaixo eu explico.

A Assembleia Ordinária das Espécies, nesse ponto da linha evolutiva, brincava perigosamente o jogo de dados no tapete da evolução: por uma diferença genética de 1,4%, o animal, no caso eu mesmo, poderia vir ao mundo no corpo de um símio. Hoje eu talvez fosse um chimpanzé e trabalhasse num circo decadente, onde o palhaço quebra o galho vendendo pipoca no intervalo e faz também o papel de homem-bala.

Está provado cientificamente: se pegarmos o mapa genético do homem e o sobrepormos à cadeia de DNA do chimpanzé, as diferenças encontradas na espiral genética serão apenas quatro risquinhos. Os cientistas ainda não desvendaram esse mistério: o que faz um homem nascer homem e um macaco nascer macaco? Por que os macacos, em alguns aspectos, são mais humanos do que nós, homens? Por exemplo, no olfato, os símios sentem o cheiro da fêmea a quilômetros — essa é uma das diferenças cruciais entre o genoma humano e o do macaco, a sequência de DNA que nos habilita a sentir cheiros; suspeita-se de que o gene do olfato exerça outras funções, daí a enorme diferenciação entre as duas espécies.

Ainda no ventre da mamãe, o sujeito já estará sendo manipulado por variáveis sociais e econômicas, climatológicas, tudo influenciando em sua formação: tempo, local, posição da lua e da cópula durante o ato sexual. Nas noites de chuva nascem mais meninos do que meninas. Por acaso, se você quisesse nascer mulher na China, a chance seria de três em cada 10 nascidos vivos (em decorrência da política do filho único, em dez anos foram praticados 260 milhões de abortos na China, as principais vítimas sendo fetos do sexo feminino); a posição sexual "cachorrinho" é a mais recomendada para que as mulheres venham gerar meninas; na lua cheia dá menino, ou será menina?

Depois de vencida a difícil etapa no ventre materno, com o elemento humano devidamente nascido, aleitado e caminhando sobre duas patas, seja o pirralho homem ou mulher, prossegue a manipulação, agora de forma mais acintosa: propaganda, padres, governantes, passeatas gay, cinema, televisão, o colega que não nos aceita do jeito que somos, e tome jornais, correio eletrônico, nutricionistas e outros especialistas — todos interessados em se apropriar de nossos corpos dos pés à cabeça. Uma dimensão existencial é pouco para filtrar tantas influências.

Nesse meio tempo, a Assembleia Ordinária dos Analistas estará reunida para decidir se adota a Teoria da Evolução ou o Livro do Gênesis. Vocês conhecem a história, Adão e Eva, a cobra e a maçã, um dia Adão comeu a maçã e cuspiu os caroços no ventre de Eva. Eva teve dois filhos; por inveja, Caim matou Abel, ou foi Abel que matou Caim, eu sempre me confundo. Na outra ponta, mancando por fora, um velhinho de barba branca, de bengala, chamado Darwin. Mais uma série de reuniões profundas (se Eva teve dois filhos homens e não havia outras mulheres no paraíso, de onde vieram os descendentes de Adão?), teses e mais teses, debates e acordos secretos para se chegar a uma interpretação única. A questão termina empatada: quem tem razão, George Bush ou a Igreja? Ou será que o macaco sempre esteve certo?

Era um dia morno de agosto do século XX. Naquele dia, eu acordei outro. Olhei-me no espelho. Lá estava Eu. Será que aquela cara no espelho era minha mesmo? Quem sou Eu? Eu sou Eu e minhas circunstâncias. E se Eu discordasse de mim mesmo? Sou anticartesiano: existo e sinto, logo penso, portanto nada chega ao intelecto sem antes passar pelos sentidos. Ninguém é capaz de me convencer do contrário, a não ser Eu mesmo. E se aquele a quem miro agora no espelho fosse outro e não "eu", quem olhava pra mim de dentro do espelho? E se Eu passasse a combater minhas ideias utilizando meus próprios argumentos ao contrário? Será que Eu ficaria maluco?

Virei de costas, pulei de frente e gritei "Há-há!". A

imagem fez o mesmo, só não falou "Há-há". Pisquei duas vezes para o espelho: que alívio, o outro piscou pra mim também. Cheguei à conclusão, naquela simiesca e horripilante manhã, de que aparentemente o outro era eu mesmo, que piscava e saltitava feito um macaco em frente ao espelho.

***

Voltando ao Sindicato dos Especialistas. Era o dia seguinte à Assembleia Ordinária do Sindicato dos Analistas. Tudo que eu queria era dormir, esquecer. Atenção, arqueiros! Foram três dias de reuniões e debates, ininterruptos, no limite do esgotamento físico e mental dos participantes. Eu disse três dias, ininterruptos. Depois eu explico como se operava a coisa: 72 horas de Assembleia é de deixar qualquer um de miolo mole. Entretanto, o que eu quero lhes contar é como se davam os debates, como a forma aprimorava o conteúdo da massa de tomate. A única coisa que posso lhes adiantar é que num raio de dez quilômetros (onde ficava o zoológico mais próximo) não se via nenhum macaco.

Foi a Assembleia mais ordinária e democrática da qual participei. Nada de manipulação. Os debates eram acirrados, e antes de iniciados os apartes, questões de ordem, réplicas e tréplicas, ainda nos preparativos, tudo, tudo que se referisse ao futuro da espécie era esmiuçado, com transmissão simultânea em cinco dimensões. No fim das contas, sempre vence a interpretação mais favorável à continuidade da espécie; afinal, o homem é um macaco, que copia o humano irracional que habita em cada um de nós.

Esqueça tudo o que você leu sobre Freud e os mistérios da mente humana. O homem é um ser minúsculo, dono de um ego enorme, ego que cresce continuamente entre o fogo e o fermento. Anota aí: todos nós, humanos, temos cinco Eus. O que temos a fazer é colocar os cinco pra debater:

1. **O EU**, propriamente dito: é a nossa casca, com a qual nos apresentamos no teatro da existência. Nesse tipo de Eu, o objetivo do sujeito é que os outros o vejam como ele se mostra.

2. **O OUTRO EU**: é o cara oculto, aquele que se esconde atrás da bananeira, pronto para dar o bote, assustando os amigos e matando o Eu de vergonha em algumas ocasiões; em outras, as peças pregadas pelo Outro Eu podem terminar em piada, sucesso, acasalamento ou assassinato. Mas tudo passa.

3. **O EU DO OUTRO EU**: por trás do OUTRO EU tem um Outro Eu. Esse terceiro elemento é o amigo conivente, o partícipe, o mano que fica à espreita, estimulando o Outro Eu a pregar uma peça no primeiro Eu: "Vai lá, vai lá!" É comum esse Eu do Outro Eu desestimular o Outro Eu com aquela velha advertência: "Tome cuidado com o que você vai fazer!", ou, "Se for pecar, aproveite!"

4. **O OUTRO EU DO EU DO OUTRO**: é a quarta dimensão do Eu, a que fica mais próxima ao macaco, trepando na bananeira, com uma particularidade — os outros três Eus, mais o tronco da bananeira, nem desconfiam que esse quarto elemento esteja por perto. O Outro Eu Do Eu Do Outro conhece os planos, sabe quem vai ser a vítima dos outros dois Eus, mas fica à espreita, na moita. Se o plano der certo, os outros três Eus sairão bem na fita, parabenizando o quarto elemento do Eu: "Você foi demais!" Em caso de sucesso da operação, o quarto Eu fica na dele e não

se revela, esperando tirar proveito do evento; mas se algo der errado, será o fim da picada, e quem pagará o pato será o quarto elemento — é por isso que esse cara sempre fica próximo à cena do crime, escamoteado, para ver qual atitude deverá tomar para manter a integridade psicológica do indivíduo. 5. Por último, para impedir que ocorra empate entre as quatro categorias tomísticas, entra em ação o ponto de amálgama de todas as contradições que se chocam no liquidificador do "Ser", categoria cuja finalidade precípua é garantir a preservação da espécie sem que os outros quatro fiquem sabendo, a responsável por bater o martelo para que a vida siga em frente, também conhecida como **ESPÍRITO DO EU ENGARRAFADO.**

Até aqui tudo bem? Carece de repassarmos alguns pontos?[6]

---

6 Nota do autor: crônica publicada no livro *Contos da Refazenda*, editado em parceria com o grande Otávio Mancini, criador do site *REFA-ZENDA2010*, em outubro de 2007.

O SAPO ENCANTADO

Era uma vez uma Terra de Fantasias, cheia de sonhos, fadas, duendes e nibelungos, rica em oportunidades, onde tudo se realizava à sombra do baú da felicidade.

No entanto, sem avisar, uma crise econômica foi chegando sorrateira, e em duas, no máximo três tacadas, fulminou as esperanças dos moradores do Reino Encantado, que, endividados até o pescoço, venderam os próprios filhos para as fábricas de salsichas.

Fevereiro chegou, e com ele o carnaval trouxe um pouco da velha alegria. A Mangueira entrou na avenida e venceu. Teve gente que desmaiou ao ver Dona Neuma e a velha guarda na comissão de frente.

Branca de Neve, desconsolada em frente à tevê, naquele ano não desfilou. Fazia um ano, oito meses e dois dias que Branca não dava uma trepada. No início, casada com um príncipe poderoso, cheio da grana, Branca gozava gostoso, confirmando o estudo da Universidade de Newcastle.

Todavia, ao ficar pobre, o príncipe revelou-se um grande filho da pátria, um sanguessugas que vivia de rendas. Foi tudo muito rápido. Com seis anos de casados, o nobre bardo caiu do cavalo, e com a crise na Zona do Euro, o príncipe viu derreter sua fortuna no Mercado de Ações; transtornado, pulou do segundo andar, batendo a cabeça no patamar da escada. O desgraçado não morreu, mas perdeu o jogo das pernas e passou a andar de muletas, além de ficar impotente. Tudo isso em apenas um parágrafo! Pra completar a tragédia, uma pinta negra, cabeluda, apareceu na bunda branca de Branca, que desde menina fora lisinha dos pés à cabeça. Tudo em seu corpo, outrora rijo e formoso, agora despencava no ar: a bunda caía e os peitos idem. Definitivamente, Branca estava um bucho, mas o pior ainda estava para acontecer. E aconteceu. No dia de Ação de Graças faltou-lhe sangue nos pálidos bracinhos para sepultar os corpos de seus dois filhinhos, gêmeos, menino e menina de sete anos, vítimas de afogamento em decorrência do vazamento de merda da Usina de Esgoto Radioativo de Niterói, quando os pequenos, coitadinhos, voltavam da escola. Tragédias acontecem.

Era uma tarde amena de setembro, o vento batia nas folhas da bananeira, e, como de costume, o príncipe saíra pra jogar sinuca com os amigos, encher a cara de cachaça e passar a mão no traseiro das marafonas, não exatamente nesta ordem.

Depois do jantar, a princesa, que de bela conservara apenas o umbigo, tomou um comprimido de Abracur e pôs-se a caminhar por entre os arvoredos. Há meses que a das Neves, igual a um sobrinho de Minas, passava longas horas na mais completa solidão, monossilábica, fungando, cheirando, a meditar sobre a vida. A lua estava em minguante, brilhosa, e Branca ali, no jardim, sem *love*, carente de um homem másculo, de preferência um negro dotado de um cacete intumescente que lhe enchesse de esperma o útero, mãos, peitos e os nove furos de seu corpo leitoso.

Por que os contos de fadas são tão chatos e previsíveis? Sei lá. Senta aí, que lá vem história...

Pois bem, sozinha a cismar, Branca pousou o bracinho na cabeça de um anão de jardim, espécime talhado em pedra, sem roupas, peladinho, com o pintinho a urinar um fio de água. Narigudo, horrível, o anão lembrava o técnico Dunga. "Snif, snif, snif". De tanto chorar e fungar, uma lágrima escorreu do olho direito da ex-princesa e foi cair na cabeça da pequena estátua. De súbito, despertado pelo choro casto da outrora linda manceba, o pequeno menino de pedra, como acontecera com o boneco Pinóquio, ganhou vida e deu um salto, sem tirar as duas mãos do pinto, assustando assim sua benfeitora, que, instintivamente, colocou as mãos na pererreca.

Olhando para Branca, como se agradecesse pela quebra do feitiço, o anão, de pau duro, começou a recitar nomes em língua estranha, entremeados por gargalhadas, como que tocado pelo espírito da garrafa de amontilado lançada do navio.

De fato, ressuscitado do mundo das imobilidades, o anão, em ponto de bala, voltara muito louco e sem vergonha ao mundo dos vivos. Inquieto. Pra quem já esteve ressecado, qualquer vida valia a pena, mesmo que fosse pequena. No caso de Branca, em não podendo contar com a tão sonhada bela e grande rola dos contos de safadas, dez centímetros de membro estavam de bom tamanho — por enquanto!

Foi uma tarde de sexo e loucuras. O pequeno não era bom de pica, bombava pouco, era muito afoito, mas fazia mesuras com a língua. E assim passaram-se semanas e meses, Branca se aliviando com o anão de jardim. Deu-se, porém, que o pequeno conheceu um grilo falante, e o grilo lhe falsificou um diploma de engolidor de espadas, com o qual o outro ingressou no serviço público, sem concurso. Branca ficou sabendo, anos depois, que o anão foi escalado para o mesmo departamento onde batia ponto o ex-mágico da Taberna Minhota.

Na repartição de obras públicas, o anão e o ex-mágico se divertiram pacas. Os dois pândegos esticavam as horas, deixando loucos os barnabés que não viam a hora de o relógio bater as cinco; também enfeitiçavam os paletós dos funcionários, que, deixados nas cadeiras, voavam pelos corredores, como fantasmas a procurar os ombros de seus donos, entretidos a conversar fiado e a tomar incontáveis cafezinhos. Até que um dia o mágico e o anão passaram das medidas e fizeram surgir na repartição um leão, que acabou devorando a mulher do cafezinho. Por isso, e não por não fazer porra nenhuma, os dois foram sumariamente despedidos.

E quanto ao sapo encantado?

Ah, já ia me esquecendo do mote que dá título à história. Então, Branca de Neve, naquela mesma noite, com uma vontade venérea de urinar, resolveu se aliviar na beira da lagoa. Sob a luz da lua, ao som dos latidos de um cão pastor alemão, a princesa Branca abaixou a calcinha e fez xixi na cabeça de um sapo enorme, que de tão grande e imóvel mais parecia uma pedra.

O sapo, na verdade, era um ex-gay de novela, vítima da maldade da ex-madrasta de Branca, aquela feiosa vestida de preto, lembram-se? Mas o pobre bicho, diferente do que se deu com o anão, não voltou a ser gente ao receber o jato de urina quente. O sapo pulou na bunda branca de Neve, que, assustada, caiu na lagoa. O batráquio, inebriado pelo cheiro de pererera, saiu pulando e gritando nomes cabeludos.

Branca se recompôs, aprumou-se e ficou a admirar o sapo, parado, a inflar. Talvez ele fosse um príncipe. Estacado ao lado da fonte, o batráquio coaxava, abrindo e fechando a boca como se quisesse revelar um segredo à princesa. Branca, contudo, apesar de ser fluente em alemão, não entendeu bulhufas da língua da intanha. De saco cheio, o bicho deu um salto e desapareceu em direção ao Castelo. Fazer o quê? Não sei.

Branca ficou preocupada, e, preocupada, pensou no príncipe — também não sei por que, se o marido de Branca não lhe dava a mínima. Não é por que estou escrevendo a história que sei de antemão o que se passa na cabeça dos personagens, tenham paciência.

A princesa teve um mau pressentimento, e de repente se viu correndo, gritando e arrancando os cabelos, feito a histérica paciente do Dr. Sigmund Freud, Anna O., a que sonhava com ratos e cobras.

Chegando à soleira do castelo, Branca de Neve empurrou a porta, abrindo-a de par em par. Na sala, um forte cheiro de cachaça com linguiça, diamba, farofa e peido alemão. Esbaforida, divisou o pátio, percorreu as sacadas. Não encontrou viv'alma. Gritava. Abriu portas e janelas do Castelo em ruínas, bateu na despensa, nos banheiros, debaixo da escada; vasculhou a adega, encontrando-a vazia, exceto pelas garrafas espalhadas, pelo cheiro de mofo e dois ratos velhos que no passado lhe haviam puxado a carruagem feita de abóbora. E nada.

Cansada, prestes a desistir, lembrou-se do quarto do casal, onde não ousara procurar, temendo o pior. Com o coração na mão, em silêncio, a princesa subiu as escadas e espiou pelo buraco da fechadura. Os maus presságios se confirmaram.

Na cama, igual à cena do filme "O último tango do Castelo", o príncipe gordo no papel de Brando tinha ao lado uma sapona na pele de Maria Schneider — mas ela estava gorda e inchada!

Os olhos da princesa não acreditaram no que viam. Mas ela teve o sangue frio e a coragem de acompanhar a coisa até o final. Consumado o ato, a princesa chutou a porta, que se abriu num estrondo. No leito conjugal, o príncipe, peladão--peladão, fumava um cigarro de palha; ao seu lado esquerdo, pela metade, o...[7]

---

7 Nota do editor: no exato instante em que ia terminar o último parágrafo, o autor caiu da cadeira e bateu com a cabeça na lateral da estante. O acidente não foi grave. Ele sofreu perda de memória, e tão logo se recupere, publicaremos o final da história.

CONTO DA MEIA-NOITE

Noite adentro, morro abaixo, o vento batia na crina do esgoto a céu aberto, empesteando o ar. Um cão latiu ao longe. Rua acima, terminado o calçamento, um homem adentrou numa trilha ladeada de mato. Na mão direita, uma marmita, provavelmente vazia, enrolada num pano de prato ensebado, dentro de uma sacola de supermercado. Na boca, um gosto de raiva, outro dia amargo, daqueles, vigiando patrimônio de banqueiro. Com crise ou sem crise, os putos sempre ganham.

Matutando sobre a própria sorte, o homem caminhava. Traçava planos mirabolantes; a solidão faz essas coisas com a gente.

Tatiana... Que vontade de dar uma trepada! Metera com ela duas vezes. Foi bom. Branca, coxas roliças, buceta quente. Tatiana... por que será que toda puta só escolhe nome bacana? Ainda estava longe o dia do pagamento, quando, pelo menos por alguns dias, teria grana para uma cerveja e um tira-gosto: mulher gosta de um agrado antes de dar pra gente.

Como naquele dia estivesse duro, chegando em casa iria bater uma bronha. Dizem que na China existem 40 milhões de homens, entre 18 e 24 anos, vivendo de punheta, empregados de uma indústria de sabonetes que exporta para o mundo inteiro.

Passaria outra noite no moquifo escuro, infestado de pernilongos, o pau como que em brasas estalando na barriga esfomeada. Lembrou-se da mãe. Dos cinco filhos, quatro tinham morrido no tráfico. *Se a mãe me visse agora, empregado, teria orgulho de mim... mesmo eu sendo um fodido.*

Teve vontade de urinar. Parou. Achegou-se numa moita e desabotoou a braguilha. Distraído, olhava as estrelas enquanto pensava em Tatiana, bunda avantajada, gorda, a pele branca como leite. Nem percebeu que um estranho surgiu às suas costas, de repente:

— E aí?

O que urinava tomou um susto, e por instinto estancou o esguicho, recolhendo o pênis. A escuridão impediu que o recém-chegado percebesse o medo em sua cara.

— Ôoopa! — respondeu, depois de alguns segundos de indecisão.

Não dava pra ver a cara do elemento, apenas que o outro vestia camisa de malha preta, jaqueta de couro, calça jeans surrada. *Ele pode estar armado, melhor ficar ligado* — pensou.

— Vi você se aproximando, então resolvi te esperar. Tenho medo de passar pela mata sozinho. Ah, não se incomode, pode continuar...

Desconcertado, voltou a urinar, atento aos movimentos do estranho.

— Eu também tenho medo — respondeu o trabalhador, mudando de assunto. — Só passo aqui de vez em quando — falou, medindo o intruso.

— Posso te fazer companhia?

— Ok — disse, virando as costas, a bexiga doendo por causa da brusca interrupção (tem horas que a necessidade fisiológica é maior do que o medo).

Voltou a urinar. Findo o serviço, o trabalhador, aliviado, pegou a sacola com a marmita e retomou seu caminho. O sujeito pôs-se a segui-lo, bem ao lado.

— É a segunda vez que uso esse atalho — confidenciou-lhe o estranho.

O capim balançava ao vento. Lá embaixo, as luzes da cidade, aos poucos, diminuíam de tamanho, quanto mais os dois homens subiam o morro.

Mais à frente, próximo a uma enorme caixa d'água abandonada, a trilha se estreitava. Depois da caixa de concreto, descendo um morrinho, havia um tronco estendido sobre um filete de água podre. Ao atravessar a pinguela, o sujeito agarrou-se à camisa do trabalhador, e falou, com voz esgarçada:

— Me segura!

Puta que pariu, será que esse cara é veado? — pensou, enquanto com a mão direita auxiliava o outro.

— Obrigado.

Vencido o obstáculo, os dois retomaram a trilha, já do outro lado.

— Se você não me segura, eu tava na merda — disse o estranho, soltando uma gargalhada.

Sem proferir resposta, o trabalhador apertou o passo, como a querer distância do estranho.

— Hei, me espera!

— Olha, mano, estou louco pra chegar em casa. Se você não andar depressa, vou te deixar pra trás.

— Peraí, irmão, o que há com você?

O trabalhador não deu ouvidos, continuou caminhando. Com passos largos, o outro avançou, tomando a dianteira.

— Ei, não precisa correr, eu só quero aproveitar sua

companhia.

— Tá certo.

Tump, tump, tump, tump, faziam os sapatos dos dois na terra úmida. O caminho era estreito, pontilhado de enormes e traiçoeiros pelotos de bosta, camisinhas usadas e tocos de cigarro deixados pelos maconheiros que subiam o morro de motocicleta e ficavam ali horas e horas, rindo feito débeis mentais, acocorados no meio do mato ou dentro das manilhas, fumando e trepando. Mas hoje não havia ninguém.

— Você conhece o Cara de Cavalo? — perguntou o estranho.

— Conheço.

— Ele me mandou te procurar.

O trabalhador estacou. Sem tirar os olhos do outro, a meio metro de distância, perguntou:

— O que ele quer comigo?

— Tem uma parada pra te oferecer.

O estranho, tirando um cigarro do bolso, acendeu o isqueiro, queimou a ponta do Derby, soltou uma longa tragada e continuou:

— Servicinho maneiro, coisa mole.

— Tipo o quê?

— Tipo assaltar um banco — disse o outro.

— Muito obrigado. Estou empregado.

— Ganhando salário mínimo. Deixa de ser otário. É grana fácil. Você só precisa abrir o portão, finge que vai olhar alguma coisa...

— Qualé, mano! Por mim vocês podem assaltar aquela porra de banco à vontade. Pelo que eles me pagam, não tô nem aí, não vou reagir, mas também não vou me meter em encrenca!

— Você conhece o esquema. O Cara está contando

com sua colaboração — disse o estranho, soltando um tubo de fumaça pelas narinas.

— Tô fora!

— Nós só precisamos da escala, quem entra, quem sai, a que horas chegam os malotes, como se desativam os alarmes, essas coisas. O resto é com a gente.

— Já disse que não! — e deu as costas para o sujeito, pondo-se em movimento. Mas o outro o agarrou pelo braço, e com um solavanco jogou a marmita do trabalhador no chão. Abaixou-se para pegar a sacola, e ao voltar o rosto deu de cara com o três oitão. As pernas lhe faltaram, olhos congelados no cano frio da arma que lhe roçava a face direita. Sem reação (ele sabia o estrago que o ferro podia fazer em sua cara), levantou-se devagar, com as mãos para cima, atento, sentindo-se mais vivo do que nunca, ainda que estivesse se movendo em câmara lenta.

— Ou você tá dentro, ou morre.

Cinco segundos de indecisão, às vezes, é a fronteira entre a vida e a morte.

Quem morre não escuta a própria morte, escuta a sinfonia do mundo. O corpo, como num labirinto negro, em espiral, suga para dentro da mente o estampido do cão do revólver batendo na espoleta, o choro de uma criança, o esfregar das pernas de um grilo, buzinas, palmas, apitos, um palavrão proferido na casa mais próxima, pneus derrapando na avenida, sirene de ambulância, o marulho do esgoto na manilha, tudo é tragado para dentro, até o último batimento cardíaco.

Na madrugada fria de domingo, ninguém ouviu dois estampidos, seguidos de um breve grito abafado pelo vento que batia no colonião. No outro dia, nos jornais matutinos, não se leu única linha acerca de um homem, altura 1,72m, uniforme com logotipo da empresa SETA Vigilância, trajando camisa creme, calça marrom, calçado com botinas, de pele morena, cabelos crespos, nariz largo, lábios grossos, olhos castanhos, provavelmente vítima de assalto, já que não portava carteira, documentos, tampouco dinheiro, a cabeça estourada por duas perfurações de bala, sendo que um dos projéteis vazou o olho direito e o outro resvalou na têmpora, cujo corpo, encontrado no Morro do Cachorro Sentado, aguarda há cinco dias no IML o reconhecimento da parte de algum parente. Caso contrário, o cadáver será sepultado como indigente.[8]

---

8 Segundo estudos feitos pelo economista Daniel Cerqueira, do IPEA, mais de 3 mil mortes não teriam sido registradas pelo Instituto de Segurança Pública do RJ entre 2006 e 2009. Fica a pergunta: seria a nossa polícia incompetente, burra ou manipuladora?

Amigo

Existem dois tipos de amigos: o amigo e o simplesmente amigo.

Do amigo simplesmente amigo quase não se tem registros, pouco a respeito dele foi publicado. O que foi dito por esse tipo de amigo ao outro amigo ficou entre os dois. Amizade é coisa íntima, não se expõe como rabanete em banca de feira.

O exemplo clássico do amigo de fé, camarada, está na amizade entre Roberto & Erasmo. Erasmo, fiel à letra da música, telefona no máximo três vezes ao ano para o Roberto Carlos: uma no aniversário do Rei, outra no Natal e uma vez ou outra para desejar feliz ano novo.

O que atrapalha a amizade é a proximidade.

Para o amigo não existe tempo ruim. Seja sábado, domingo ou feriado. O amigo não respeita nem o Dia de Finados; intromete-se na vida do outro, passa a mão em sua bunda, cutuca-lhe as feridas mais profundas, abalando assim sua estrutura mental e psicológica.

O amigo está sempre conectado: ele te envia duzentas mensagens por dia, e no domingo de manhã, bem cedinho, te liga pra conferir se você leu todos aqueles anexos pesados:

"Rapaz, você viu o vídeo da Luana?"

O amigo gosta muito de cerveja, e também de churrasco, principalmente se os comes & bebes lhe forem servidos na modalidade zero oitocentos. O amigo chega na casa do outro sem aviso prévio e vai entrando pela cozinha, abre a geladeira alheia e constata que só tem uma garrafa escura, geladíssima, belga, da marca Westvleteren Abt 12, uma das melhores cervejas do mundo, exemplar que você estava guardando para uma ocasião especial. Com a cerveja na mão esquerda e o abridor na direita, ele pergunta: "Ué, não tem Skol?!"

Infelizmente, o amigo não é muito exigente em matéria de cerveja. Como não tem Skol, ele bebe qualquer uma, desde que seja gelada e de graça. "Cerveja quente", diz o amigo estalando os beiços, "só se for pra levar pra casa".

Como torcedor fanático, o amigo faz questão de acompanhar o campeonato de futebol na casa dos outros. O amigo é um folgado, e não se faz de rogado. Seu lema: "*Su casa, mi casa*". E tão logo você se retira pra ir buscar um tira-gosto na cozinha, o amigo grita lá da sala: "Traz mais cerveja!"

Sua ausência é a oportunidade para que ele se apodere da poltrona predileta do dono da casa, em cima da qual o amigo solta vapores fétidos, que apitariam feito traques de São João não fosse a maneira educada como ele os abafa, metendo duas almofadas debaixo do rabo. Quem sai aos ventos, perde o assento. De volta à sala de tevê, você que se acomode no chão.

O amigo faz a maior publicidade por tê-lo como amigo. No inverno ou no verão, no campo ou na praia, ele não perde a oportunidade de falar do outro, seu amigo. Bem ou mal. Não economiza palavras, tece longos comentários sobre a personalidade de sua vítima, utilizando a si mesmo como medida de homem perfeito. O amigo é obcecado por cultivar, cavoucar, estercar e irrigar suas amizades. O amigo é Senhor da Razão Absoluta. Perto dele, Hegel, com sua vã filosofia idealista, não passaria de um charreteiro. O amigo está à frente do próprio tempo. Faça um teste: pense em algo, qualquer coisa. Pensou? Daqui a uma semana, um mês, ou quem sabe no próximo ano, confira a resposta que já foi pensada, esquematizada e sistematizada pelo amigo por meio de uma tese sem pé nem cabeça, que ele jogará na sua cara tão logo o tempo e as circunstâncias o favoreçam. Eu não disse? Quando convidado para uma reunião, o amigo é sempre o último a chegar e o primeiro a sair. Mesmo assim, o amigo exige a palavra, senão ele tem um ataque apolético, sua cara fica vermelha, ele começa a babar e é capaz de engolir a própria língua e morrer com a boca cheia de espuma, e você, na condição de melhor amigo, vai se sentir culpado pelo resto da vida. Com o microfone na mão (se não tiver microfone, o amigo berra), ele abre a garganta e solta uma bomba verborrágica, propõe uma solução polêmica e logo em seguida pede licença para deixar o recinto (com a desculpa de que precisa buscar os meninos na escola). Os demais participantes, os que ficarem até o final da exaustiva reunião, que descasquem o abacaxi que o amigo lhes deixou de presente.

Dizem que o bom companheiro não conta o dinheiro. O amigo é um excelente parceiro: nunca divide a conta do bar, de modos que ele não faz conta do suor alheio. Se a casa dele está suja, o amigo é capaz de lhe pedir a diarista emprestada (para que você pague, é claro). Se você lhe emprestar alguma grana, não ouse cobrá-lo. Isso não é atitude de amigo!

Em questão de amizade, o amigo é exigente. Fato grave, imperdoável, susceptível de penalidade máxima: se você não pensar exatamente como ele pensa, fique atento, tem algo de errado com sua cabeça. Mas não se entusiasme. Para atingir o nível de compreensão intelectual adquirida pelo amigo, a única coisa que você tem a fazer enquanto ele solta o verbo é ficar em silêncio, enquanto o amigo lhe explica nos mínimos detalhes o funcionamento do Universo.

Não vai chover, mas se você for se encontrar com o amigo, não se esqueça do guarda-chuva.

Cuidado ao conversar com o amigo. Ele tem mania de falar de pertinho. Primeiro, o amigo põe as duas mãos nos ombros de sua vítima, olho no olho, e vai te empurrando até a parede. Em seguida, começa a estalar a língua como uma metralhadora Gatling. Tamanha proximidade permite ao falastrão bombardear sua presa com milhões de mililitros de cuspe por segundo — material rico em fungos e bactérias, elementos vitais para a colônia que o amigo está cultivando no rosto do ouvinte.

Depois de alguns anos de frequência dialógica, você, vítima de amizade pegajosa, examine atentamente sua face diante do espelho: veja como a pele de seu rosto está salpicada de manchas esverdeadas, pequeninas, incuráveis. Logo, logo, seu nariz vai começar a inchar. A boa notícia é que o amigo, ao lhe transmitir a terrível doença, permanecerá vivo em sua memória, mesmo dez anos depois (se você viver até lá) de ele ter partido deste mundo para o raio que o parta.

São três horas da madrugada. Não faz duas horas que você chegou de uma viagem internacional, depois de trinta horas distribuídas entre o avião, a longa espera em aeroportos e escalas e mais quatro horas de ônibus até chegar em casa. Você cai na cama e apaga. O telefone toca insistentemente, três, quatro, vinte vezes. Até que você acorda. Quem será? É o amigo. Só pode ser algo urgente, você pensa.

— O que foi? Aconteceu alguma coisa? — você pergunta, assustado.

— Não. Eu só liguei pra saber: como vai você?

P.S.: Quem tem um milhão de amigos no Facebook não tem nenhum amigo de verdade.

PAPA PINTO PRIMEIRO

Ao longo dos séculos, historiadores vêm compilando crônicas sobre mulheres que ocultaram o sexo por baixo dos panos para se verem admitidas nas ordens clericais. Houve um papa mulher, com poderes de vida e morte sobre o rebanho. Cronistas da época, dentre eles Boccacio e Petrarca, contam histórias divergentes, mas as lendas se afunilam em torno de um nome: a Papisa Joana.

Numa das passagens mais pitorescas do catolicismo, conta-se que "Joana foi desmascarada ao dar à luz um filho prematuro, enquanto cavalgava em uma procissão indo de São Pedro ao Palácio de Latrão" (Nigel Cawthorne, *A vida sexual dos Papas*). Desde então, os papas evitam andar a cavalo, e não passam nem mesmo de Papamóvel por uma rua estreita que fica entre o Coliseu e a Igreja de São Clemente.

Noutras fontes, monges revelam o caso de uma mocinha que entrou para um mosteiro e conseguiu manter intacto seu cálice sagrado — fonte de todos os perigos que afligem os homens que se emasculam por baixo das batinas —, mesmo depois de ter sido obrigada a baixar as roupas até a cintura para ser açoitada.

Não foi o Papa Nicolau I (858-867) quem inventou o

exame de toque no colo do útero, mas suspeito que a caça às bruxas durante a inquisição foi a oportunidade que se deram os dignitários da Santa Igreja Apostólica Romana para promover entre iguais o mais amplo e irrestrito acesso ao corpo feminino, apalpando ventres, tesando mamilos, açoitando nádegas, retalhando vaginas, mutilando, esfolando, afogando e queimando vivas centenas de mulheres indefesas com suas vassouras voadoras.

Também houve um papa criança, Benedito IX, que aos doze anos sentou-se no trono papal por meio de fraude. O pequeno diabo era bissexual, sodomizava cabras, ordenava assassinatos e promovia orgias rocambolescas. Aos 23, por sua conduta estarrecedora, Benedito quase foi estrangulado no altar durante a Missa dos Apóstolos.

Incontinência e luxúria. Desde Calígula, os descrentes jamais viram bacanais como os do Concílio de Constança. O Concílio foi marcado no ano de 1414, para apaziguar os ânimos entre os três papas que se digladiavam — Gregório XII, Benedito XIII e João XXIII — para decidir qual deles seria o único representante de Deus na Terra entre os homens. A lista de convidados, entre príncipes e banqueiros, incluía 700 prostitutas — número insuficiente para fazer face à demanda, escreve Nigel Cawthorne em seu delicioso livro. Por sorte, nas ruas de Constança batalhavam outras 1.500 cortesãs, que foram convocadas às pressas para exercer seu Santo Ofício e conciliar línguas e membros inflamados.

Voltando à vida sexual dos papas: para evitar surpresas, a Santa Sé instituiu no século XI um exame de masculinidade. O exame da cadeira furada destinava-se a evitar que o Cetro Papal fosse usurpado por uma mulher, como ocorreu no caso da Papisa Joana, por volta do ano 858: um toque sutil nos escrotos. Benedito VIII (1012-1024), que chegou ao papado depois de assassinar seu predecessor, foi o primeiro Papa a se sentar na cadeira — um trono de pedra com um buraco no assento, que permitia a um cardeal checar se o candidato era de fato homem antes de ele ser declarado Santo Padre. Por ordem do Chefe dos Cardeais, a tarefa era delegada ao diácono mais jovem. O novato, um tipo de estagiário dos ritos católicos, deveria entrar por baixo do trono de pedra e apalpar os genitais do futuro Papa. Após a confirmação, o estagiário gritava em voz alta: "Ele tem testículos". E todos os clérigos presentes respondiam: "Deus seja louvado".

(Aos viajantes com grana: foram confeccionadas duas cadeiras furadas; uma delas foi saqueada por Napoleão e desapareceu; a que restou ainda pode ser testada pelos curiosos no Museu Pio Clementino, no Vaticano).

Parece sacanagem, mas é História. Quanto ao celibato, os membros do clero só foram proibidos de praticar sexo a partir do Concílio de Piacenza, no ano de 1095. Mesmo assim, revoltados com o interdito sexual, e diante da ameaça de greve geral dos padres, Urbano II teve que abrir exceções, estabelecendo um tributo sobre o sexo. Por meio do *culagium*, concedia-se ao clérigo o direito de manter uma concubina, desde que o interessado pagasse uma taxa anual para a Igreja.

O papa-anjo. Rodrigo Bórgia elegeu-se Papa comprando o voto dos cardeais. Eleito, se autodenominou Alexandre VI (1492-1503). Bórgia era um homem de culhões, experiente nas lides eróticas; para ele não passava de cócegas ter os bagos apalpados por um noviço. Mesmo assim, teve que se submeter ao exame da cadeira furada.

Alexandre VI possuía uma amante de 15 anos, a bela Giulia, e nas horas vagas papava a própria filha, Lucrécia, que também era amante do irmão César Bórgia, homem de ação no qual Maquiavel se inspirou para escrever *O Príncipe*. O Papa Alexandre VI era tão tarado que assistiu a noite de núpcias de sua filha Lucrécia com o marido; em outra ocasião, abençoou os funerais de um jovem que morreu trepando — um garoto florentino de 15 anos que transou sete vezes em uma hora (ou teriam sido 11 vezes em uma noite?). No Papado de Alexandre VI, todos os excessos eram perdoados, desde que o cristão tivesse grana para pagar por seus pecados.

A vitória do arco-íris. Não precisa ser nenhum Nostradamus para prever a sagração de um Papa Gay "quando as flores cor de rosa cobrirem a Fontana de Trevi". O primeiro homossexual a tornar-se Papa será eleito no ano de 2148 d.C, aos 28 anos, no Concílio de Laudicéia, na cidade de Milão. Seu nome de guerra: Cassandra — batizado como Juan Antônio de Las Casas, catalão, gêmeo, nascido de parto cesárea, filho varão inseminado pelo método da penetração vaginal. Para a eleição de Cassandra, a cadeira furada será reabilitada, com uma inovação importante: em vez de aplicar o tradicional toque nos testículos, o noviço introduzirá no ânus do candidato, e sem lubrificante, por três vezes seguidas, o *fallus ecclesiasticus.*

Ao final do exame, se não sair sangue do reto sagrado, o noviço gritará para a audiência: "Ele não é virgem! Ele não é virgem!"

E os cardeais repetirão: "Glória! Glória! Aleluia! Roxana nas profundas!"

DUELO NA PADARIA

A grande vantagem de não ser lido é que assim a gente pode escrever o que nos der na telha. O papel é um amigo fiel e silencioso, não sai pelas ruas fazendo escândalo, gritando "olha, olha o que fulano escreveu!" — a menos que algum desocupado se disponha a fazer a conexão entre o significado e o significante, ativando no cérebro o manjado processo conhecido por "leitura".

Agosto de um ano qualquer. A tempestade de areia no deserto deixa qualquer filho de quenga louco. Eu trabalhava na redação de *O Cafajeste*, e estava na padaria tomando um expresso. De repente, o vento agreste começou a soprar, e em poucos minutos uma língua gigante de poeira cobriu a cidade. Fecharam-se portas e janelas. Pessoas correram procurando abrigo. Fustigada pela tempestade de areia, logo a cidade se viu entregue às moscas.

Em meio ao redemoinho, ouvi um grito aterrador, vindo do lado de fora da padaria. Cheguei a cara na janela e vi uma rena voando baixo, toda estraçalhada (massa de sangue, fezes e urina); pude ouvir os guinchos do animal no exato instante em que os pneus de uma Ferrari Testarossa fizeram *criiinche* ao raspar a borracha no asfalto.

Dentro do carro, um sujeito cabeludo, jaqueta de couro preta. Através da vidraça embaçada, olhei primeiro para o carro vermelho-sangue e depois para o bambi. Que máquina! Viajei fundo no ronco do motor, encoberto pelos gritos lancinantes do gamo. Falei com a atendente do outro lado do balcão: "Fica quieta no seu canto, ele está vindo pra cá!" Segundo as leis ambientais, é crime abandonar uma vítima de acidente de trânsito. Mesmo que seja um veado.

Busquei uma mesa de canto, peguei vários guardanapos e me sentei, pronto para agir, enquanto bebericava meu café ainda quente.

A tempestade que se iniciava era prenúncio de que o mês de agosto não terminaria bem. Com a crise das hipotecas imobiliárias, a Usina Siderúrgica funcionava à meia-boca. Centenas de trabalhadores tinham sido demitidos. Nessa época do ano, longe da temporada de caça do Natal, não era normal as renas cavalgarem por essas bandas, tudo seco, sem pastagens, até o capim queimado pra fazer carvão. Além do mais, as tempestades de areia afugentavam os antílopes.

Entrando com cara de mau, o sujeito da Ferrari se encostou no balcão e pediu:

— Uma cachaça e um prato de farinha!

Credo. A coisa vai feder. O elemento tinha cara de poucos amigos. Saquei de uma caneta e comecei a escrever. À medida que ia escrevendo, enquadrando a carranca na folha de guardanapo, o cabra ia ficando mais feio, cabeça baixa no balcão, trabalhando no prato de farinha e bebericando a pinga.

Foi então que o baiano, quase satisfeito, a face vermelha igual pimentão, tirou do bolso da jaqueta um pedaço de rapadura e deu uma mordida que quebraria os dentes de um sujeito normal. Mascando feito o bode-rei, o homem de preto pegou uma cadeira, fazendo-a rodopiar a seus pés. Ereto, com a mão esquerda no quadril, a pélvis de frente para o espaldar, o cabra se sentou sem tirar os olhos de mim. Não precisava dizer palavra, eu estava sendo desafiado para um duelo. Gelei. Será que ele teria coragem de atirar em um homem desarmado? Engoli o resto de café pra criar coragem. Os demais fregueses, percebendo a cena de faroeste que se desenhava, pularam rapidamente para trás do balcão. Lentamente, pensando no que escrever para me safar daquela armadilha literária, levantei-me da cadeira com as mãos trêmulas. Uma gota de tinta pingou da ponta de minha caneta esferográfica, borrando o papel.

— Palhares, seu canalha, esta padaria é pequena demais pra nós dois!

Dito isso, o desgraçado se levantou, estufou o peito, abriu os braços e regurgitou. Não sei como ele conseguiu fazer isso, mas uma gosma de mandioca, cachaça misturada com baba de rapadura, partiu da bocarra do sujeito qual bala assassina, com uma pressão tão forte, mas tão forte, que me mataria se o projétil me acertasse.

Ainda bem que meu oponente era vesgo, foi o que notei quando tirou os óculos escuros. Como se fosse o Tex do gibi, girei o corpo para a esquerda enquanto fazia o tampo da mesa de escudo; disparei minha pistola esferográfica uma única vez: Bang!

Tomando por ponto de referência a boca do baiano, acertei em cheio no olho esquerdo do elemento. Cego de um olho, efeito da tinta azul da caneta Bic, o homem de preto girou como um galo cego, rodopiando do poleiro para o assoalho.

Não tive clemência. Com o salão da padaria às moscas, tendo por testemunha apenas uma garrafa de cerveja no balcão, aproximei-me do filhote de urubu, pisei em seu pescoço e fiz a marca JT, bem no meio de sua testa, tão vasta quanto a Chapada Diamantina. O cabra gemeu um ai profundo, puxado do mais fundo céu estrelado de sua alma nordestina.

Se não rimou é por culpa da censura.

O MORTO PASSA BEM

Expedido o atestado de óbito, os filhos de Efigênio dos Santos, durante o funeral, suspeitaram de que o pai não estivesse realmente morto.

Coisas estranhas acontecem no mundo dos vivos. Mesmo para mim, que lido com a morte todo dia, em minha genuína ignorância duas são as únicas certezas da vida: o imposto nunca falha, e a morte não tarda.

Já dizia Roberval do Santos, um ex-seminarista que virou veado: "A vida é um absurdo, somos cuspidos no mundo, um caroço de gente que não pediu pra nascer. E depois da chegada, tão logo tomamos consciência de nosso ser no mundo, todos os nossos projetos são sistematicamente sabotados, tudo conspira para adiantar a nossa partida. O mundo quer nos aniquilar. Quem sabe não sejamos brinquedinhos de algum gênio maligno, um demônio, ou de um deus sádico que se diverte com nosso sofrimento?"

Estico os braços acima da cabeça e bocejo: Uaaaahhhh...

— O absurdo não é da minha conta. Morra e deixe o resto com a funerária.

No domingo, por volta das sete da matina, estava eu

de plantão na funerária Vai com Deus, tranquilamente assistindo ao programa Pequenos Enterros Grandes Negócios, me atualizando sobre os lançamentos da hora: cerimônias fúnebres temáticas. A propaganda de caixão que eu mais curto é a da grife Caveira Preta, uma empresa que fabrica urnas ao estilo satânico e promove cerimônias de arrepiar os cabelos, despachando o cliente com show e tudo o mais, fumaça, luzes, pacote com o melhor do metal pesado, sistema de som embutido no caixão, quatro caixas de 700 watts de potência na cabeça do defunto, cinco baterias de lítio no fundo do esquife com autonomia pra tocar por 666 dias a discografia completa do Iron Maiden, Black Sabbath e Judas Priest.

Quase findava o plantão da madrugada. Eu estava na maior leseira, curtindo um som irado, quando recebi um telefonema inusitado. Era o filho de Efigênio dos Santos, cujo pai, um ex-pipoqueiro da melhor pipoca feita com gordura vencida — atualmente estreante no mundo dos mortos, idoso de 77 anos —, eu próprio liberara na tarde anterior, um sábado de pouco movimento. Cismei. Naquela hora de domingo o café da manhã no velório já deveria estar bombando, de modos que estranhei o telefonema a cobrar, depois de confirmar a chamada ao fim da chata musiquinha. É o que sempre digo: um dia calmo não me cheira bem.

— Bom-dia. Aqui quem fala é o filho do Efigênio, o pipoqueiro.

— Bom-dia! Funerária Vai com Deus, ao seu dispor.

— O senhor ainda se lembra de meu pai? É, aquele velhinho que o senhor pegou no Pronto Socorro Municipal... Foi... foi ontem... Sim... Sim... estou ligando daqui, do orelhão da capela do cemitério...

— Mas é claro que eu tô lembrado! Quando menino eu comprei muita pipoca na mão do Seu Efigênio! Que Deus o tenha. Diga lá, algum problema no velório?

— É que...

— Pode falar, meu caro, estamos aqui para melhor servir. Alguma reclamação? A família não gostou da decoração do caixão? Olha, os cravos são de primeira, as velas são de parafina importada!

— Não. Não é isso... É que papai não me parece bem. Quer dizer, o problema é com o corpo dele, tem alguma coisa de anormal...

Também pudera, pensei comigo.

— Ah, mas nós fizemos o melhor pelo Seu Efigênio. Lavamos e ensaboamos o corpo com os melhores aromas, untamos com creme da Índia, bronzeamos a face com óleo de sândalo, escovamos os dentes, cortamos o cabelo, fizemos a barba e aparamos o bigode, penteamos seus cabelinhos brancos e perfumamos o umbigo.

— Não... Não estou me referindo ao serviço — a voz mudou de tom, e sussurrou ao telefone. — Parece que papai está vivo!

Nesse ponto, fui surpreendido por uma voz feminina, que aos prantos arrancou o telefone das mãos do irmão e berrou do outro lado do aparelho, igual à torcida do Flamengo, afirmando:

— Papai não está morto coisíssima nenhuma, papai apresenta sinais de vida, pulso batendo, eu mesma vi mudanças em sua expressão facial, sem contar que a temperatura do corpo de papai está morna! Papai até se mexeu no caixão!

A vida é assim: hoje com saúde, amanhã no ataúde. Eu já vira aquele filme antes. Bastava um comentário do tipo "como ele está corado!" para que os familiares aprontassem o maior alvoroço, a choradeira de praxe. Só faltou falarem que o velho se levantara do caixão e cumprimentara os presentes, um a um: "Estou muito feliz por você ter vindo ao meu funeral. Ah, e não falte à minha missa de sétimo dia!"

Caraça!

Tudo que é vivo um dia perece, mas, o que se há de fazer, o cliente tem sempre razão. Desliguei a tevê e me arranquei para o cemitério.

Conhecedor do assunto, e sensível ao sofrimento alheio, chegando à capela usei todo o meu traquejo para convencer a família de Seu Efigênio que o morto estava mais morto do que a múmia do Tutancâmon. Infelizmente, não fui feliz.

Fui pressionado por dezenas de pessoas, umas cinquenta, calculei, entre filhos, netos, bisnetos, amigos e pentelhos. A parentalha do inquieto defunto não concordava com a minha insistente recusa. Sem opção, antes que chegasse a imprensa marrom, ajudado por cinco curiosos acabei por colocar o caixão com o corpo do Sr. dos Santos no rabecão e o levei de volta ao hospital para um derradeiro exame médico.

— Não se preocupe, papai, o senhor vai ficar bom! — gritava a filha, inconformada, acenando para o cadáver do pai, enquanto eu colocava o esquife na Veraneio 78 da funerária.

Os filhos não admitiam sepultar o pai sem a *confirmatio mortis*. Liguei a sirene do rabecão e zarpei.

Eram onze horas e vinte e três minutos da manhã quando cheguei ao hospital. Na emergência, o corpo foi submetido a vários exames, inclusive ao eletrocardiograma. O defunto não apresentava nenhum sinal de batimentos cardíacos. As pupilas estavam dilatadas, o que indicava a morte cerebral, lecionou o doutor — um cara magrelo com ar cansado —, enquanto arreganhava, com frieza científica, os globos oculares do *De Cujus*, diante dos olhares crédulos e esperançosos dos herdeiros das dívidas do defunto.

Por fim, o médico, perdendo a paciência com a filha do Sr. dos Santos, que a todo o momento teimava em lhe apontar o aspecto saudável de seu velho e finado pai, sem mais delongas sentenciou:

— Pode enterrar, o morto passa bem!

Golpe baixo!

Eu nunca entendi o que leva as pessoas a caírem em golpes tão manjados como o do bilhete premiado e o da saidinha de banco. Já dizia meu velho e finado pai: todo dia nasce um otário. Reza a mitologia grega que Ceres, enfurecida com a bazófia de Estélio, transformou-o em lagarto. Estélio, envergonhado, a partir de então, vivia se escondendo, camuflando-se com o ambiente. O estelionatário, popularmente conhecido na praça por "um-sete-um", é o malandro que se vale da lábia e da esperteza para obter vantagem indevida. O estelionatário, do mesmo modo que o camaleão, muda de acordo com o ambiente: o estelionatário é o que a sua vítima quer que ele seja.

E por falar em otário, enquanto houver bancos haverá trouxas entrando por suas portas giratórias e ficando sem a carteira ao sair, escorregando em cascas de banana e caindo como patos em golpes aplicados, dentro e fora, pelos canalhas do crédito.

Voltando aos golpes. Internamente, da porta pra dentro das Fábricas de Fazer Dinheiro, esquemas mais criativos do que as famosas "saidinhas" vitimam milhões de incautos, e ninguém chama a polícia. Poupem-me de lhes dar maus exemplos.

Era dia de pagamento. Eu acabara de sair do Melhor Banco do Brasil, o seu, o meu, o nosso, o banco que faz com seu dedo indicador uma rodinha pra melhor enfiar no seu toba, o banco que proporciona ao velho e ao jovem, ao pobre e ao rico, o mesmo direito de gozar com o pau alheio, quando uma loura de parar o trânsito, carregando uma bolsa tão vistosa e grande quanto sua bunda (dela), deixou cair um envelope. Prestativo, rapidamente me abaixei e peguei, gritando "senhorita, senhorita". Mas a loura não me escutou e atravessou a rua, a passos largos. *Só podia ser golpe*, pensei desconfiado, e no exato instante em que meu espírito cartesiano produziu essa dúvida mundana, surgiu à minha frente um sujeito bem vestido, tão oferecido quanto o gênio da lâmpada, lançando em minha direção uma conversa mole: "Eu vi o que caiu da bolsa daquele avião. Uau, que mulher! Se for algo de valor, quem sabe ela nos dá uma recompensa?"

"Recompensa"; "a gente"; típica conversa de estelionatário. O mesmo papo suave dos gerentes de bancos: "Você é especial", "aproveite o vento, solte as velas". Liguei as antenas, travei o leme, peguei o remo e bati de frente com o sujeito de terno e maleta: "Cuide da sua vida, meu chapa". Zarpei, deixando o mané a ver navios. Só fui abrir o envelope ao chegar em casa, escondido de minha esposa.

Dentro do envelope, apenas uma foto, e no verso da fotografia um número de telefone anotado a caneta. A foto era de uma mulher, verdadeira máquina — em pose convidativa, nua do Oiapoque ao Chuí, e estava olhando para mim.

Não sei por que, mas lembrei-me de mamãe. Quando eu era pequeno, mamãe vivia me dizendo: "Tezinho, não veja revista de mulher nua, senão elas sugam sua alma", mas, como já dizia Chico Buarque, "o que não tem governo nem nunca terá, o que não tem juízo"...

Embarquei nas curvas da fêmea. Botei na vitrola um LP do Taiguara e me perdi no universo do corpo feminino estampado na foto. Passei a noite em claro, tomando conhaque com Cibalena, devorando cada milímetro daquele templo da perdição. Porém, uma certeza me incomodava: a foto que eu tinha em mãos era da mulher, a tal gostosa que deixara cair o envelope pardo da bolsa *Luiz Vuiton*. O número de telefone eu memorizei, mas a fotografia da gata, cabelos, pele, seios e coxas, eu não conseguia parar de olhar.

Uma semana depois, na sexta-feira, minha dona viajou em excursão com o grupo de catequese para a festa do Senhor Morto em Ribeira do Iguape, sei lá onde isso fica. No sábado, cortei a grama do jardim, limpei a casa, almocei sozinho. Por volta das vinte horas, no mesmo sábado, tomei coragem e liguei para a dama da foto.

— Alô.

— Alô.

— É que... encontrei um envelope na porta do banco...

— Paulo Roberto, é você? Finalmente você me ligou...

A voz. Que voz! Impossível resistir. A loura parecia ter veludo nas cordas vocais. A mulher falava gemendo, como naquela música do Serge *Gainsboing* com a Jane Birkin. De repente, o ar me faltou, meu coração bateu apressado. Ao perceber que a mulher sabia tudo a meu respeito, fiquei sem palavras: nome completo, CPF, identidade, onde eu morava, o número de minha conta corrente, onde eu trabalhava e até quanto ganhava por mês, aplicações financeiras, ações, patrimônio imobiliário, tudo. A loura sabia inclusive que eu tinha uma pinta na barriga, e até quanto eu havia gasto em compras no cartão de crédito, na viagem que fizemos à Europa, eu e minha mulher Edymunda, dois anos atrás.

— Quem é você? Você me conhece de onde? — perguntei, assustado.

— Meu nome é Suzana. Você nunca ouviu falar da peladinha de banco? Sou eu... você quer me comer? Esta noite eu serei sua. Basta você seguir as instruções. Estou te esperando... anota aí meu endereço... e não conta pra ninguém — completou a dama, sussurrando.

O chão me faltava. Tentei argumentar, porém vi-me dominado pela voz de veludo azul. Imperativa — o que se há de fazer? — a loura me escolhera pra fazer sexo com ela naquela noite maravilhosa: "Não faça mais perguntas", ela disse, "estou louquinha pra dar pra você."

O estelionatário opera com os recursos mentais de suas próprias vítimas. O estelionatário não lhe toma nada, raramente utiliza de violência. Você é quem se entrega de bandeja, revela-lhe segredos, transfere dinheiro, assina o contrato, e quando dá por si, já está com o laço em volta do pescoço — só falta chutar o banquinho.

A arma do estelionatário é a palavra. Com o discurso, ele aciona na mente da vítima o interruptor da cobiça, da vantagem, do desejo e da malícia. O estelionatário age da mesma forma que os ilusionistas, os gênios das propagandas, banqueiros, políticos, padres, pastores e guias de excursão. Ao contrário do que diz Sartre, o inferno é o "outro" que existe dentro de você.

Fisgado pela voz da loura, acabei com meu casamento de trinta e dois anos, me desfiz de meu patrimônio e fiquei com a metade, algo em torno de R$ 600 mil. Mas não fiquei com nada. Transferi tudo, inclusive as ações, para a peladinha do banco, mediante a promessa, registrada em cartório e com firma reconhecida, de que a gostosa me presentearia com um dia de luxúria, satisfazendo meus desejos de todas as maneiras, ao meu dispor por vinte e quatro horas. Até hoje eu não entendo onde estava com a cabeça. Meu Deus! Como fui trouxa! Transferi uma grana preta para a conta da peladinha antes de receber o pagamento! Cinco anos se passaram. Hoje, moro debaixo da ponte. Faz dois dias que não me alimento. Quando tenho sorte, o que é raro, consigo um marmitex intacto no lixo do restaurante japonês. Mulher? Só nas revistas velhas que encontro nas ruas.

COM OS PÉS NA CHAPADA

Ernest Hemingway, antes de partir a cabeça com um tiro de espingarda, escreveu em *O sol também se levanta*: "Não importa o lugar para onde viajamos. Não podemos sair de dentro de nós mesmos." Então, só conseguimos enxergar no lado de fora o que trazemos em nossa bagagem interior. De certa forma, contrariando Hemingway, a paisagem é importante: o casario, os povos e os diferentes locais funcionariam como ganchos para a memória.

Viajar é recordar, resgatar conexões, posto que a mente seria incapaz de reconhecer lugares onde nunca estivemos em espírito.

Dez dias na Chapada Diamantina, tendo como base a cidade de Lençóis, no sertão da Bahia, serviram-me para revisitar antigas sensações: a liberdade dos amplos espaços (acima da cabeça somente o sol e o verde das montanhas); o deleite visual que é poder mirar o horizonte sem travas nos olhos; o contentar-se com pouco (diante da necessidade de ter que carregar a própria comida em longas caminhadas); o cheiro de mato; o prazer de beber água da fonte; o gostoso que é refrescar o corpo nu nas águas das cachoeiras; o gesto lúdico de abrir porteiras; e à noite, sem o incômodo das luzes da cidade, admirar as estrelas na imensidão e sentir-se o mais pequenino dos homens — sensações esquecidas na infância, quando eu e meus irmãos subíamos serras, leves e livres, em direção à casa de nossos avós maternos.

Cada tempo tem sua viagem. Cada viagem seu instrumento. A Bíblia Sagrada não teria sido escrita se Jesus e os apóstolos tivessem percorrido a Galileia de ônibus ou de carro. Não fosse o automóvel, símbolo de autonomia e liberdade na década de 1950 — hoje símbolo de poluição e do egoísmo em matéria de transporte —, Jack Kerouac jamais teria escrito *On The Road*. Não há melhor maneira de conhecer a Chapada Diamantina do que através da Viação Canela. É incrível quão longe podemos chegar dando um passo atrás do outro.

20 de Setembro de 2011, terça-feira. De avião, partimos de Belo Horizonte com destino a Salvador. De Salvador até Lençóis, 400 km de distância, gastamos seis horas de ônibus. Eram quase vinte e três horas quando eu e meus dois irmãos, Nilson, o Criolo, e Elias, arriamos as bagagens na Pousada Casa de Hélia, em Lençóis, portal da Chapada Diamantina.

21 de setembro de 2011, quarta-feira; depois de um farto café da manhã, rodamos pelo miolo da simpática e sonolenta cidade. Com cerca de dez mil habitantes, ruas encantadoras e limpas, reconhecida como Patrimônio Histórico Nacional desde 1973, Lençóis possui belos casarões erguidos no auge da exploração do diamante. Após a proibição do garimpo, no final da década de 1980, o turismo salvou a cidade da decadência. Em uma ruazinha transversal, conhecemos Luiz Barba, jornalista aposentado, originário de São José do

Rio Preto, São Paulo, dono de uma longa barba, parecido com um dos integrantes do Zz top. De olheiras profundas e com o bigode amarelado, Luiz Barba fumava um cigarro depois de ter fumado outro e tomava uma dose de pinga às nove da matina. Batemos aquela prosa.

Andamos pelo centro, subimos e descemos a Rua das Pedras. Interessados em conhecer o Vale do Paty, considerado o terceiro melhor trekking do mundo, visitamos três agências de turismo. A opção mais em conta, cinco dias de caminhada pelo Vale do Paty, ficava por R$ 180 a diária, por pessoa, sendo que cada um de nós teria que levar a própria comida, a ser preparada pelo guia nos pontos de apoio. Muito caro.

Depois de algumas pesquisas e confabulações, optamos pelo guia indicado pela dona da pousada (Hélia). Nascido em Lençóis, Sinho (era o apelido do cabra, ou Leão da Montanha, como ele se intitulava) nos ofereceu o trekking no Vale do Paty, cinco dias de caminhada, ao preço de R$ 110 por pessoa a diária, incluindo equipamento de camping e comida. Eram 19h30 quando fechamos negócio e adiantamos uma grana para Sinho comprar rango para cinco dias.

22 de setembro de 2011, quinta-feira, 8h15 da manhã; com as mochilas carregadas de comida, roupas e acessórios, deixamos a Casa de Hélia. Pagamos duzentas pratas para um taxista nos levar de Lençóis até Guiné, distrito de Mucugê, onde iniciaríamos a subida para o Vale do Paty.

Caminhar pela Chapada é voltar ao passado. Muito antes do desaparecimento dos dinossauros, há cerca de 1,8 bilhões de anos, o sertão da Chapada estava encoberto pelo mar. Com o choque das placas tectônicas liberando a força de milhões de bombas atômicas, as águas foram drenadas através de enormes fendas. O tempo e o vento se encarregaram de embelezar o resto, elevando serras, aplainando montes e rasgando cânions. Eram 11h15 da manhã quando o carro nos deixou no início da trilha, na subida do Morro do Beco, no povoado de Guiné. Duas horas de caminhada depois, havíamos evoluído 5 km. Paramos às margens do Rio Preto. Descemos as mochilas, refrescamo-nos nas águas frias do ribeirão e lanchamos sanduíche de atum com legumes. Um grupo passou por nós, dois espanhóis e um gaúcho, guiados por um cara muito bacana, negro, apelidado de Flor.

Por volta de 14h30, alcançamos o Mirante do Paty, a 1350 metros de altitude, paisagem deslumbrante: dali se avista o Morro do Castelo, Sobradinho e outras elevações distantes. Juntamente com o grupo trazido por Flor, ficamos cerca de quarenta minutos admirando a paisagem. Rumamos para a Toca do Gavião. Uma hora depois, chegamos à caverna onde passaríamos a noite. Enquanto Sinho cortava lenha e acendia o fogo, enchemos as vasilhas de água e depois nos banhamos no córrego, utilizando como chuveiro a caneca de fazer café.

Jantamos macarrão. Satisfeitos, enrolados em nossos sacos de dormir, ficamos algum tempo admirando a noite. Estrelas cadentes riscavam o céu. O guia nos contou causos da região, rimos pra caramba. Para espantar o frio, eu e o Criolo tomamos duas talagadas de pinga Abaíra. Passei um frio da porra; à noite fui atacado por mal estar, o estômago roncava, as tripas ardiam como fogo, um vento frio e cortante entrava através do saco de dormir, cujo zíper não fechava até o pescoço. Quase não dormi, mas eu estava feliz.

MEMÓRIAS DE UM PUBLICANO

Paulo Coelho, generoso como sempre, foi o primeiro escritor brasileiro a liberar 17 de seus livros para *download* gratuito no idioma farsi, falado por 80 milhões de persas, espalhando vestígios de sua vida e obra mundo afora: "Cortei unhas em Roma, cabelos na Holanda e na Alemanha. Vi meu sangue molhar o asfalto de New York e muitas vezes meu esperma caiu em solo francês, num campo de parreiras perto de Tours. Já descarreguei minhas fezes em rios de três continentes, reguei algumas árvores da Espanha com a minha urina e cuspi no Canal da Mancha e no Fiorde de Oslo. (...) Semeei em vários lugares da terra, porque não sei onde vou renascer um dia." (*O Mago*, biografia de Paulo Coelho, por Fernando Morais).

Pena que eu não saiba ler na língua dos iranianos. Sendo um integrante da mais antiga das profissões, também não sei onde e nem quando vou desencarnar um dia.

Não tenho amigos, ando sempre sozinho. Irmão das pedras, fui graveto no bico do anum, prego enferrujado caído de uma cruz na via Ápia, grão de areia assoprada da pirâmide de Saqqara, fio de cabelo de um soldado de Calígula, estrume de vaca secando em uma estrada poeirenta de Minas. Parido a ferro e fogo, existo desde os primórdios da História; quadrigêmeo, fecundado dentro do mesmo óvulo inseminado por quatro pais diferentes, vim ao mundo minutos depois de meus irmãos, Guerra, Carrasco e Prostituta. Por termos nascido, eu e meus três irmãos somos todos culpados. Deus nada tem a ver com isso.

Já andei pelos quatro cantos do mundo, auxiliei na condenação de Cristo, persegui o vilão Robin Hood e apertei o laço no pescoço de Tiradentes: sou um cobrador de tributos. Há dez mil anos carrego meu fardo, tirando dos pequenos para favorecer os ricos, lambendo a sola das sandálias dos poderosos.

A denúncia era sucinta: "Dizem que o homem faz milagres, multidões o seguem pelas estradas, maridos abandonam suas esposas, filhos deixam a terra por arar e os campos sem colher, instaurando perturbação nas famílias."

NABHA — Núcleo de Análise e Buscas Herodes Antipas. Como agente da NABHA, subordinado ao Sinédrio, minha missão era investigar se as atividades do filho do carpinteiro José, originário de Nazaré, conflitavam com os interesses de nossos parceiros em Roma. Recebi salvo-conduto do *Senatus Populusque Romanus* (SPR), com amplos poderes para requisitar o auxílio das forças legionárias e tomar as providências que fossem necessárias à solução do caso. Sem saber por onde começar, procurei o colega Mateus, chefe da Coletoria de Cafarnaum, pois chegara a meus ouvidos que ele, Mateus, possuía informações sobre as andanças do homem chamado Jesus. Porém, ao chegar a Cafarnaum, descobri que Mateus abandonara o serviço há uma semana para seguir o Messias, deixando a repartição com os relatórios atrasados, sem azeite nos candeeiros, funcionários sem pagamento e os animais passando fome, uma verdadeira balbúrdia administrativa. Mandei um pombo-correio urgente para Jerusalém informando da situação e requisitei dois soldados para guardar o escritório. Em seguida, peguei minha montaria e dois escravos e fui me aconselhar com Zaqueu, na cidade de Jericó. Grande foi minha surpresa ao adentrar os portões da cidade. Zaqueu, o menor dos publicanos, estava trepado em um sicômoro, pescoço esticado, gritando e abanando os braços, tudo para chamar a atenção do tal Mestre, o Messias, a quem chamavam "Filho do Homem", que por coincidência também chegava à cidade.

Bloqueado pela multidão, pude ver de longe o momento em que Zaqueu, um avarento e asqueroso cobrador de impostos como eu, odiado até pelos leprosos, era abraçado por Jesus como se este abraçasse um amigo que regressava de uma terra distante. Estranhei o fato, anotado em minha caderneta, e mais confuso fiquei ao ouvir da boca de Zaqueu algo sobre estar perdido, logo Zaqueu que calculava tão bem, no que Jesus respondeu alguma coisa sobre um "caminho da salvação", lugar que desconheço nas redondezas.

Naquele dia não consegui entabular conversa com Zaqueu, que se portava como um aparlemado, cantando e distribuindo esmolas. Mais tarde, fiquei sabendo por relatos de um informante que Zaqueu, tendo convidado Jesus para cear e pernoitar em sua casa, ficara tão feliz com a visita do Mestre que resolvera doar metade de seus bens (dele, de Zaqueu) aos pobres, restituindo aos injustiçados as multas aplicadas em excesso, sem submeter suas decisões ao Sinédrio. Um desplante!

Em matéria tributária, um fato acontecido na cidade de Canaã merecia tratamento à altura dos regulamentos de taxas e mercancia: a transformação de água em vinho. Ainda que o fato gerador já houvesse acontecido três dias antes de minha presença, corri atrás, investiguei, falei com testemunhas que estiveram na festa de casamento, confabulei com o fornecedor das bebidas e analisei os relatórios de compra apresentados pelos anfitriões. Concluí que ao transformar seis cântaros cheios de água em vinho, o tal Jesus praticou concorrência desleal, industrializou água sem os devidos alvarás, fora das especificações químicas e biológicas, dando saída de vinho sem documentos e deixando de recolher as taxas e emolumentos fiscais.

Pra complicar, um dia, questionado se era justo pagar impostos aos romanos, Jesus, tomando de uma moeda, respondeu com a célebre pergunta: "De quem é esta efígie?"

"É de César", disse o fariseu, no que Jesus concluiu com o célebre dito: "Dai a César o que é de César."

Diversamente do que ficou registrado nos anais da história, essa frase foi o início da condenação criminal do Nazareno. Todos sabem que "O filho d'O homem" não fazia uso do dinheiro. Como dar a César a moeda que Jesus desprezava? Ele tampouco plantava, tecia ou fiava. Contudo, seus milagres, como a multiplicação dos pães e a transformação da água em vinho, eram passíveis de serem tributados pelo imposto de consumo.

De posse das evidências colhidas, fechei minha Ordem de Serviço, preenchi o relatório de consumo de capim dos jumentos, imprescindível para a Alta Gerência do Templo, e submeti o *papelorium* aos Doutores da Lei, nos seguintes termos: "O homem Jesus de Nazaré, cognominado Rei dos Judeus, não se importa com o dinheiro, mas do nada é capaz de produzir mercadorias passíveis de tributação. Ele vive da caridade alheia. Bebe o vinho e come o pão que lhe ofertam, dorme na casa de amigos e conta umas histórias sem sentido. Sua doutrina não favorece o crescimento das rendas do

Governo da Galileia, na medida em que o investigado não vende os produtos de seus milagres, pregando e praticando a pobreza na Terra como forma de alcançar a graça de Deus no Paraíso Celeste."

Concluindo: se a pobreza era o lema d'O homem, as rendas de impostos e contribuições despencariam, e os romanos, inconformados com a queda da arrecadação nos territórios ocupados, quadruplicariam o número de legionários, e todo o poder dos Doutores da Lei cairia por terra. Por fim, os fariseus seriam os responsáveis pela desgraça que porventura descesse sobre o reino da Galileia. Eis a questão: Jesus deveria ser eliminado. E assim foi feito.

E quanto a Tiradentes? Bom, Tiradentes era um mau dentista que falava pelos cotovelos, um mito criado para salvar a pele dos ricos. É bem verdade que a região das Minas, naquele finzinho do século XVIII, já andava decadente. O ouro, outrora abundante, escasseara a olhos vistos. Potentados, que antes exibiam o fausto das minas em suas vestes bordadas a fios de ouro e botões de madrepérola, corpos amolecidos por dúzias de amantes e um séquito de escravos, agora esmolavam os favores de El Rey.

Eram filas e mais filas para requerer, junto ao Governador das Minas Gerais, o perdão das dívidas de impostos atrasados, quem sabe um Regime de Tributação Diferenciado e outros favores inexplicáveis. Mas a Administração Colonial em Lisboa não acreditava que a fonte havia secado e queria mais ouro, mais ouro e mais ouro. Alguém tinha que bancar o luxo dos nababos portugueses, que buscavam na Inglaterra os prazeres a que estavam acostumados. O anúncio da derrama foi o prenúncio da desgraça. Era visível o terror nos rostos daqueles homens, antes tão senhores de si.

Era de madrugada. Chovia, ventava, fazia um frio do capeta em Vila Rica. Estávamos de plantão na Casa dos Contos, eu, dois coletores e o Sr. Intendente. Três batidas compassadas na porta — era a senha. O homem entrou, constrangido, medindo os passos, chamava-se Silvério dos Reis, dono de mineração falido. Seus olhos não ousavam encarar os do Sr. Intendente:

"Pois então, Sr. Silvério, o que o Sr. tem a nos contar?"

"É sobre a conspiração", sussurrou o visitante.

"Ouvi alguma coisa. Pra quando?"

"Na próxima semana, está tudo preparado para a Revolta, no dia da derrama."

"Quantos são os traidores, incluindo vossa mercê, como se chamam, onde habitam? Queremos tudo! Tudo!"

O Intendente deu um murro na mesa, e ao cabo de duas horas o Sr. Silvério dos Reis, tremendo mais que vara verde, havia dado todo o serviço. Em troca, o Inconfidente pediu clemência por sua vida e também o perdão de dívidas perante o Fisco.

"Sua colaboração será levada em conta."

Tudo se passou muito rápido. Cada um pagou de acordo com suas posses. Tiradentes, pobre homem, não tendo nada a oferecer, pagou com o pescoço.

Minha participação nesses acontecimentos foi estritamente profissional. Meu negócio é cobrar tributos, o ódio não paga minhas contas. Se os tributos são justos ou não, deixo a questão para os Tribunais. E quanto a você, que me apedreja, lembre-se da parábola do publicano e do fariseu (Lucas, 18, 13).

Não há homem sem pecado sobre essa terra...

Esta obra foi composta em Minion 11/14.
Impressa com miolo em offset 75g e capa em cartão 250g,
por Createspace/ Amazon.